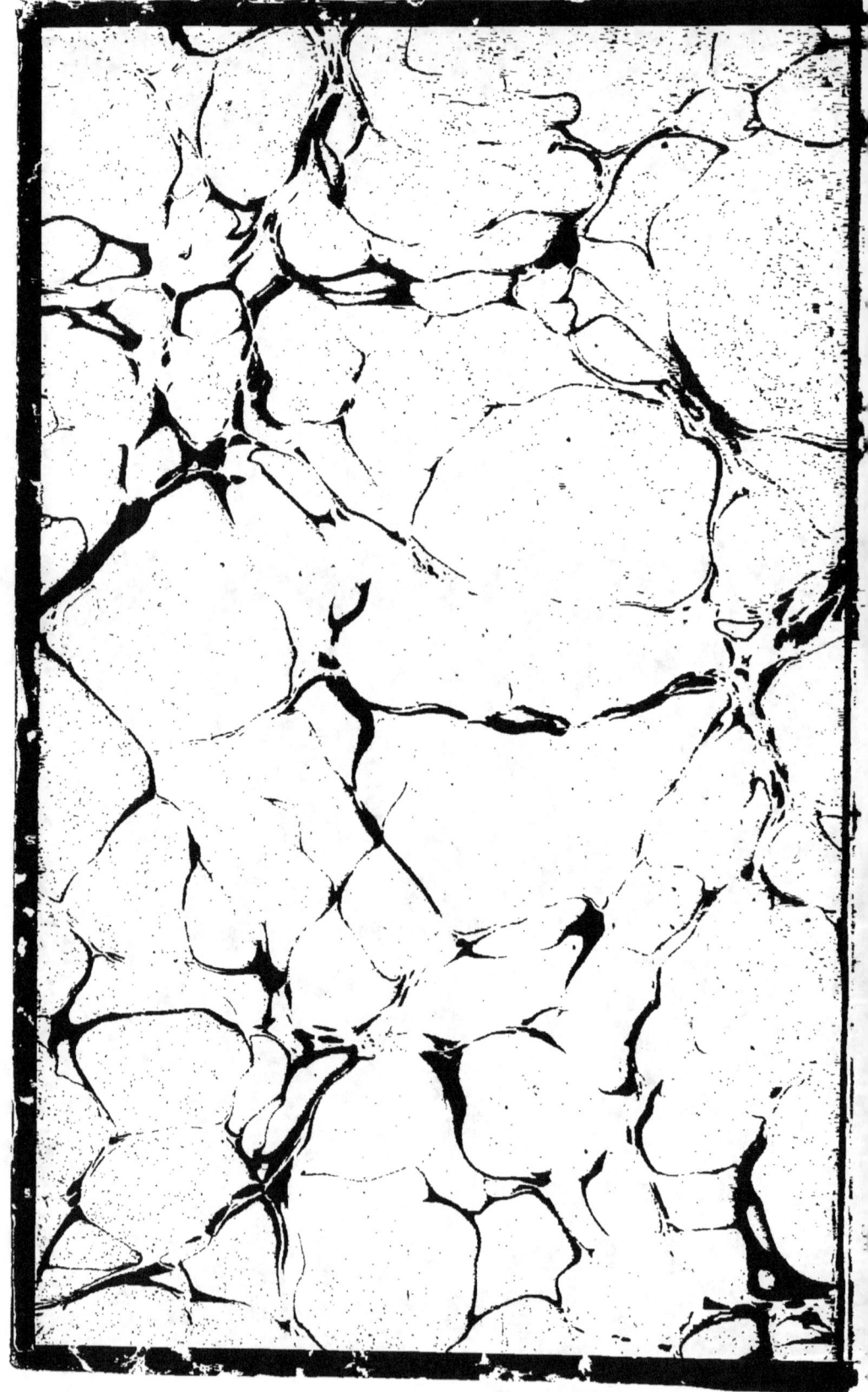

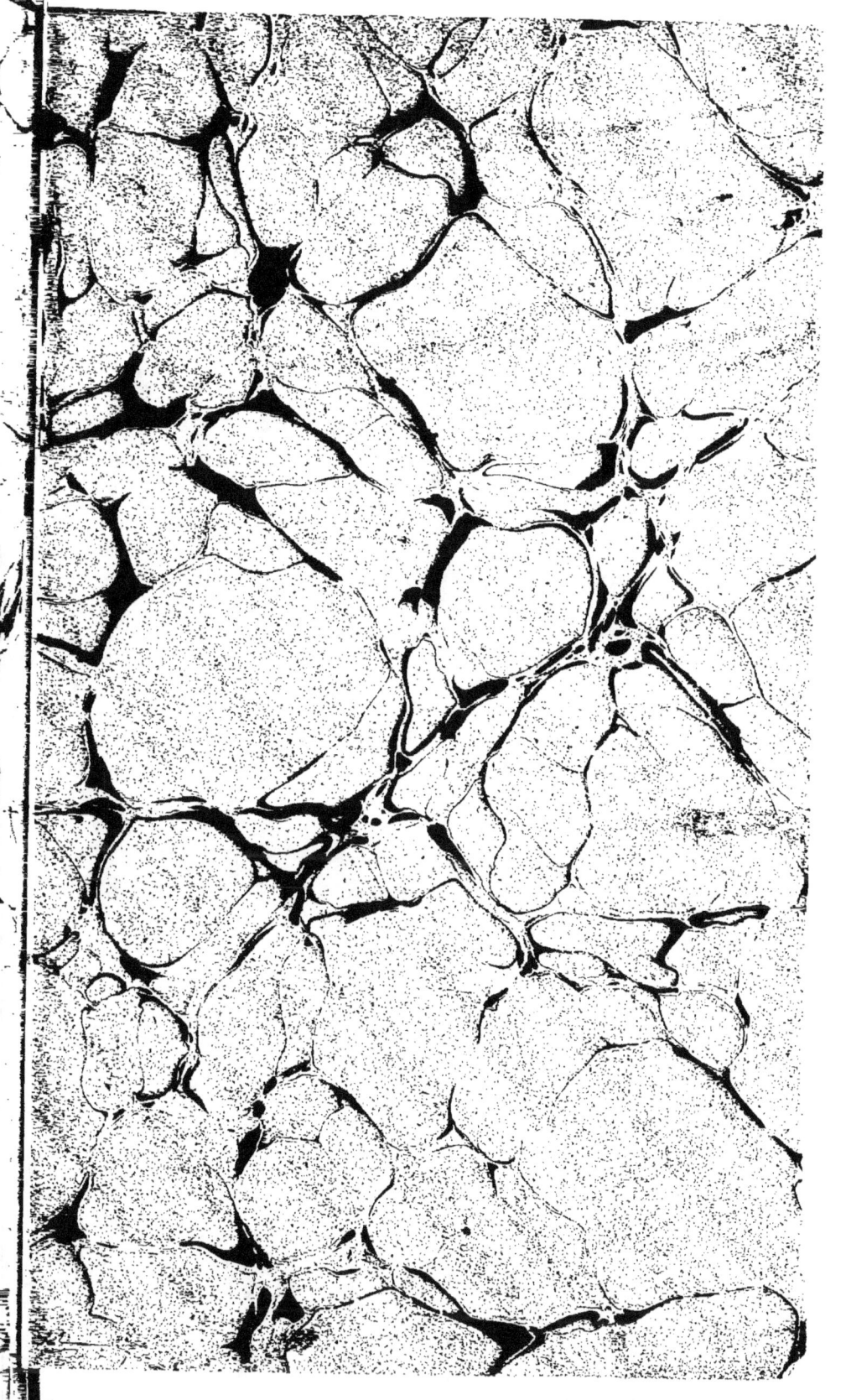

LÉON CLADEL

Urbains

& Ruraux

(2ᵉ série des Va-Nu-Pieds)

avec une

NOTICE DE MAURICE TALMEYR

PARIS

PAUL OLLENDORFF, ÉDITEUR

28 bis, Rue de Richelieu, 28 bis

1884

Urbains & Ruraux

ŒUVRES
de
Léon Cladel

Les Martyrs Ridicules
L'amour Romantique
Pierre Patient
Le Deuxième Mystère de l'Incarnation
Le Bouscassié
La Fête Votive de Saint-Bartholomée Porte-Glaive
Les Va-Nu-Pieds
L'Homme de la Croix-aux-Bœufs
Petits Cahiers de Léon Cladel
Ompdrailles le Tombeau-des-Lutteurs
Bonshommes
Crête-Rouge
Par-devant Notaire
Six Morceaux de Littérature
N'a-Qu'un-Œil
Kerkadec Garde-barrière
Urbains & Ruraux

SOUS PRESSE

Léon Cladel & sa Kyrielle de Chiens
Héros & Pantins
L'Ancien
Feuilles Volantes

A L'ÉTUDE

Mi-Diable
I. N. R. I.
Paris en Travail

DEUXIÈME SÉRIE DES VA-NU-PIEDS

URBAINS

&

RURAUX

par

Léon Cladel

Avec une Notice de Maurice Talmeyr

PARIS

PAUL OLLENDORFF, ÉDITEUR

28 *bis*, RUE DE RICHELIEU, 28 *bis*.

—

1884

NOTICE

Voilà un livre! Un livre qui vient après
dix autres, et qui sera suivi de dix autres encore! Oui, à vos heures de loisir, vous pouvez contempler vos œuvres, mon cher Cladel,
dans votre rustique maison de Sèvres, où les
enfants croissent et multiplient autour de votre
table de famille, et où les tomes naissent après
les tomes sur votre table de travail. Il fait
déjà bon, dans ce mois d'avril, s'en aller
lire sous les arbres, et à la fin de votre repas,
au moment même où filles et garçons, petites et
petits, vous grimpent aux jambes et se balan-
cent à vos mains, il est plus d'un endroit dans
le monde, je vous assure, où quelque liseur

***

gourmet cherche un revers de fossé à l'ombre,
pour y ouvrir, tout à l'aise, un de ces volumes
qui portent votre nom, et auxquels on peut
mettre pour sinets les feuilles qui sont tombées
des chênes.

Urbains et Ruraux ! *Celui-là vaut ses plus
beaux aînés. La rudesse agreste s'y pavoise
des banderolles de la sainte joie patriotique.
L'auteur des* Auryentys *met un drapeau sur
sa charrue.*

*Les bons livres font penser. C'est le fait
des aciers bien trempés et du cristal pur, qui
ont de si grands prolongements sonores ! A ce
titre-là, ainsi qu'à tous les autres, ce livre-ci
est un bon livre. Or, on se demande, en y
retrouvant, non pas à chaque page, mais fréquemment, cette chose si grande et si petite,
si formidable et si misérable, cette chose obsé-
dante que j'ose à peine nommer, de peur d'éloigner tout de suite le lecteur, la Politique enfin,
— on se demande si cette politique, que des
artistes distingués voulaient absolument pro-*

scrire de l'*Art* pour la reléguer dans le domaine du fait, n'est pas bonne, surtout en *Art*,
et si, loin d'être exclue des préoccupations du
poète et de l'artiste, pour être confinée dans
la pratique, elle ne devrait pas, tout au contraire, au train où l'on nous mène, être for-
mellement exclue de la vie, pour être renfer-
mée rigoureusement dans le domaine du roman,
du poème et de la fantaisie ?

Tenons-nous en, voulez-vous ? à ces trente
dernières années.

La politique, depuis trente ans, en fait de
livres, a produit une encyclopédie de chefs-
d'œuvre : tout ce qu'il y a de plus alerte comme
polémique, tout ce qu'il y a de plus solide
comme logique, tout ce qu'il y a de plus haut
comme poésie. Qu'a-t-elle donné dans le domaine du fait ? Un cycle de ruines, d'iniquités,
de médiocrité, de corruption et de persécution.
Sous l'*Empire*, autrefois, nous avions l'espé-
rance d'avoir la *République*. Aujourd'hui,
s'il faut en croire les écussons des fêtes

**

*officielles, nous l'avons bien, la **République**,
mais alors nous n'avons plus rien comme
espoir. La politique, depuis trente ans, n'a
jamais fait commettre plus de crimes ni plus
de bêtises. Elle n'a jamais, en revanche,
autant inspiré de chefs-d'œuvre. Concluez !*

*Quelle brillante guerre a été souvent le
journalisme, depuis les Guêpes, jusqu'à cet
étincelant brûlot lancé, il y a quinze ans,
contre la lourde carcasse de l'Empire, et
qui mit à sa proue, comme image, un
soldat de l'an II jouant du tambour !*

*J'ouvre les Châtiments, ou plutôt je les
rouvre, et je relis. Ah ! comme la politique,
là, est altière. Quelle justicière ailée, sublime
et maternelle ! Comme le grand homme l'a
faite humaine ! Comme le grand poète l'a faite
grande ! Je prends Michelet, et je tombe sur
une de ces pages d'histoire à flamboiement de
pamphlets qui font de son œuvre un bûcher
pour les rois et un phare pour les peuples.
Sans la politique, nous ne l'aurions pas eu,*

l'éblouissement de cette Histoire. Nous n'au-
*rions eu, sans elle, ni l'*Histoire des Giron-
dins, *qui est un poème, ni l'*Histoire de Dix
Ans, *qui est un musée, ni le* Mariage de
Figaro... *Mais voilà que je remonte aux*
plus lointains déluges.

Quittons l'art et passons au fait, à la poli-
tique dans la vie courante, à la politique
pratique. Ah! elle est jolie, la politique poli-
tiquante, la politique qui exploite une cause,
et qui se fait des rentes avec une idée.

Vous connaissez un affreux filou, piètre,
vil, médiocre. Il devrait être à Mazas, *il est*
au pinacle! Vous pensez qu'il va y avoir un
tolle, une indignation, des huées, une ré-
volte! Les gens du parti que le filou a l'audace
de vouloir représenter vont être les premiers à
mettre le holà! Quelle erreur! Vous trouvez
au filou beaucoup plus de partisans que vous ne
l'auriez cru. Un filou? Voyons, voyons, vous
exagérez. Qu'est-ce qui l'a dit? Qu'est-ce qui
le prouve? Est-ce qu'on a jamais raconté

quelque chose ? Qu'est-ce qu'on a donc raconté déjà ? Bah ! Des bêtises ! Eh bien ! quoi ? Des peccadilles financières ? Les peccadilles de l'âge mûr ! Allons ! Laissez-nous donc ! Nous ne savons rien, nous ne voulons rien savoir, et nous n'avons jamais rien dit. Et vous voyez les gens prendre des figures compliquées. Car le gredin qui, demain peut-être, va pouvoir vous rendre service, n'est plus un gredin. Il en était un hier, il en sera un demain, il n'en est pas un aujourd'hui. L'important n'est pas que vous soyez honnête, mais qu'un certain nombre de gens aient intérêt à ce que vous paraissiez l'être.

En revanche, vous verrez de braves citoyens couverts de boue. On saura fort bien que ce sont de braves citoyens, de même qu'on tient l'autre, in petto, pour un coquin; mais la politique est là, et si l'intérêt de parti l'exige, on s'entendra, sans en avoir l'air, pour honorer le coquin et pour déshonorer l'homme d'honneur.

Et ceci, dans tous les camps, sous tous les

drapeaux, partout! La politique catholique sacrifiera invariablement le pauvre et bon prêtre au prêtre intrigant et fort; la politique royaliste immolera sans pitié le brave et naïf gentilhomme prêt à mourir pour son Roy au courtisan prêt à empoisonner le prince régnant pour hâter l'arrivée de l'héritier présomptif; la politique bonapartiste coupera sans remords le jarret qui lui reste au héros de Wagram, si cela entre dans les calculs de quelque malin plein d'influence; la politique démocratique mettra tous les ouvriers d'une ville, non pas sur la paille, où ils sont déjà, les malheureux, mais sur le pavé, où ils auraient pu ne pas être, si cela doit servir certains intérêts électoraux. Sur les programmes, dans les discours, dans les circulaires, dans les proclamations, on en joue, du bon curé persécuté, du bon gentilhomme sacrifié, du héros de Wagram méconnu, et du prolétaire affamé! Mais dans le fait, dans la pratique, on n'a en vue, en général, uniquement en vue, que cer-

taines situations à occuper et certaines positions à prendre. Quelquefois, si on y regardait
de bien près, on s'apercevrait peut-être que le
bon curé a été persécuté par son évêque, que
le bon gentilhomme a été méconnu par son Roy,
que le héros de Wagram a été sacrifié par son
empereur, et que le prolétaire a été affamé
par son candidat! Et nous ne parlons ici que
de la politique de blanc à blanc et de rouge à
rouge. Quant à celle qui a lieu de blanc à
rouge, ou de rouge à tricolore, ou de tricolore
à rouge... Passons, on la connaît!

Ces choses-là sont vieilles, mais bonnes à
redire. Le monde a toujours été et sera toujours gouverné par des hypocrisies appuyées
sur des forces. Mais la politique exagère un
peu trop le procédé et quintessencie un peu
trop la formule. On est confondu du nombre
d'imbéciles qu'elle a fait taxer d'éminents, du
nombre de gens d'honneur entre qui elle creuse
des fossés, et du nombre insolent de fripons
à qui elle vous fait donner la main.

Ah! s'il y a jamais eu une idée funeste qu'on ait semée dans le monde, oui, funeste sous la pureté et la grandeur de ses apparences, c'est bien celle-ci : que les idées sont tout, et que les hommes ne sont rien. C'est sous le couvert de cette idée qu'on foulera aux pieds un galant homme au profit d'un goujat ; sous le couvert de cette idée que l'affreux filou de tout à l'heure arrivera à se voir honorable, vénérable et considérable ; sous le couvert de cette idée qu'on étouffera le talent, qu'on bafouera la probité, qu'on sifflera l'éloquence, et que toutes les médiocrités, toutes les bassesses, toutes les intrigues et toutes les envies triompheront. Les idées tout ? Les hommes rien ? Alors, qu'est-ce que cela nous fait, si l'idée est tout, et si l'homme n'est rien, dès l'instant que nous prétendons l'idée bonne, que l'homme qui la représente ait emporté la caisse, ou ne l'ait pas emportée. L'idée tout ? L'homme rien ? Ce serait plutôt le contraire qui serait vrai, si tous ces apophtegmes n'étaient pas également absurdes. L'idée, la plupart du temps, ne vaut que par l'homme qui l'incarne. Je n'aime pas, je l'avoue, la Marseillaise *de l'ivrogne ; j'aime la* Marseillaise, *cependant ; et j'aime surtout celle de* Rude. *J'aime le matérialisme de Lucrèce, j'aime le voltairianisme de Voltaire et j'aime le christianisme du Christ.*

Ceci nous ramène à vous, mon cher Cladel. Je n'aime pas la politique, et j'aime la vôtre, pourtant ; je l'aime, parce qu'elle est celle qui fait les beaux livres, celle qui a inspiré nos aînés, nos maîtres et nos ancêtres ; celle sans laquelle nous n'aurions eu ni Aristophane, ni Agrippa d'Aubigné, ni Beaumarchais, ni Diderot, dont vous avez quelquefois la familiarité pleine de flamme, ni Lamartine, ni Michelet, ni Louis Blanc, ni Hugo, celle, en un mot, dont l'absence eût équivalu, ou peu s'en faut, à l'incendie d'une autre bibliothèque d'Alexandrie. Vous occupez, dans la littérature contemporaine, où tout le monde a tant imité, une place où vous n'avez jamais imité personne, où vous ne procédez que de vous-même, et où vous vous maintenez avec une autonomie qui rappelle celle des Basques dans leurs montagnes.

Vous accomplissez ce miracle littéraire d'infuser l'âme poétique et rude, épique et tendre, de votre Quercy, dans un verbe superbement national. Les fleurs les plus petites sont souvent celles qui embaument le plus, et celles qui embaument le moins sont souvent les plus belles. Vos œuvres réalisent un prodige, elles ont tout le parfum du patois et toute la beauté du français.

Mais il est inutile de parler plus longtemps.

Urbains et Ruraux est un de vos bouquets les plus rares. C'est un de ces bouquets des champs comme les héros en guenilles en mettent à leurs fusils pour passer, après la victoire, sous les arcs-de-triomphe !

MAURICE TALMEYR.

Avril 1884.

Urbains & Ruraux

URBAINS & RURAUX

ÇA CHAUFFE

TREIZE

RÉGICIDE

BELSUQUEZ JUNIOR

NICOLE

DOM PEŸRÈ

LOUS ESCLOTS

GRIFFE DE FER

PRENDS TON SAC

YXGLU LE CANONNIER D'ISSY

JUSTÏN CAPÛS

200 %

KLUÆKŒWR

ORGUE DE BARBARIE

SOUS-CANTONNIER A L'ARC DE TRIOMPHE

EX-VA-NU-PIEDS

Ça Chauffe

— 1852 —

Urbains & Ruraux

ÇA CHAUFFE

WATERLOO, d'après le major retraité Phi-
lippe Momméja, loin d'avoir été le
désastre qu'un vain peuple pense, fut, au
contraire, le plus beau triomphe obtenu, de
1792 à 1815, par les Français. Amputé d'une
jambe et d'une main, borgne et sourd, aussi
mutilé que, sous Louis XIII, ce maréchal
de France le comte danois Josias de Rantzau,
lequel n'avait plus rien d'entier que le cœur,
il prétendait, le grognard, que « toute la
journée, des Quatre-Bras à Bruxelles, les
Anglais et leur méchante cigogne de
Wellington s'étaient tirés des pattes à
l'instar des lapins ; » si, vers la fin de la

bataille, on s'était replié quoique les
Prussiens de Bulow, le lieutenant de
Blücher, eussent été « tapés, retapés et
tannés comme des cuirs de vache », c'est
que les généraux et les maréchaux de
l'Empire, enrichis, voire engraissés et ne se
souciant pas de guerroyer encore de Madrid
à Moscou pendant dix à douze ans, avaient
ordonné d'abord de sonner la retraite et
fait crier, ensuite : « sauve qui peut! »
Telle était si bien l'intime conviction du
chauvin éclopé qu'en 1825, « l'année
du sacre de ce polisson de d'Artois, » un dimanche à l'aurore, ayant recueilli dans
un potager désert un bambin né réellement sous un chou depuis une ou deux
heures à peine, il l'avait baptisé du nom
des plaines forestières où l'armée de « notre invincible empereur, oui, messieurs,
je vous en fous mon billet! » enfonça si
crânement celle de « ces cochons d'alliés,
qu'on leur eût passé sur le ventre à tous
sans les traîtres et les fainéants en épaulet-

tes à graines d'épinards, dont, au plateau
de Mont-Saint-Jean, nos rangs étaient in-
festés, sacré tonnerre de vieux Dieu ! »
Point de doute, aux yeux de plusieurs doc-
teurs ès-sciences occultes, que cette mar-
tiale appellation n'ait pas porté bonheur
au bâtard ramassé dans les champs, à qui,
du reste, sa conformation anormale avait
valu le sobriquet très justifié de Six-Orteils :
seulement, il est non moins certain que ses
infortunes provinrent aussi de sa phénomé-
nale simplicité, car ensemble Jocrisse et
Calino n'eussent pas été dignes de lui dé-
nouer les cordons de ses souliers, si toutefois il en avait eu ; mais né les pieds nus,
il vécut tel vingt-six ans durant, et probablement s'est-il toujours souvenu de ce
matin d'automne où, dès le lever du soleil, il avait étrenné sa première paire de
sabots ferrés de clous. On vendangeait un
peu partout ce jour-là ; pourtant à son
arrivée à Tronicôs, il y avait force
monde sur le pont, autour d'un grand

1.

arc de verdure où les pompiers du bourg
étaient en train d'appendre des sabres, des
épées et des bayonnettes entremêlés de
hoyaux, de faucilles et de coutres...

— Sang-diou ! que bâtissez-vous là, vous
autres, les amis ; on jurerait d'un *escripel*
(piège) pour les alouettes ?

— Attention à tes braiments ou gare à
tes oreilles, sot animal !

Le pauvre hère, interloqué, s'écarta
sans rien comprendre à cette semonce de
mauvais augure et marcha péniblement
sous la corbeille de cantaloups qu'il char-
riait sur sa tête, jusqu'à la place de la
commune, où chaque mercredi se tenait
et se tient encore le marché.

— Fichtre ! que de gens sur le pavé
aujourd'hui !

— Va, va, bourdonnèrent quelques
badauds, il y en aura demain beaucoup
plus.

— Ah ! vraiment ?

— Tais-toi, chut ! tais-toi.

— Pourquoi donc?

— Ça chauffe !

Interrogés par lui, Jobin et Nanette n'en dégoisèrent pas davantage ; à droite comme à gauche, les mêmes syllabes résonnèrent autour de ses tempes. Assez curieux de son naturel, il ne se contenta pas de si peu, malheureusement pour lui. Ses melons vendus, s'étant approché de plusieurs « soldats du guet » dont les prunelles inquiètes furetaient partout, il prit, en les abordant, un air très fin et fort entendu ; mais, comme ces deux « valets de ville » ne lui paraissaient pas trop liants, il leur répéta pour entrer en conversation avec eux les deux mots fatidiques qui couraient de bouche en bouche à travers la foule...

— Ha! glapirent les sergents d'un ton bourru, tu trouves?

— *Obé, meou!*

— Comment te nommes-tu, toi?

— Boniface.

— Et puis, quoi?

— Waterloo.

— Tu coïonnes?

— Oh! nenni!

— Personne ne s'est jamais ainsi intitulé.

— Si fait; il y en a pour le moins un, et c'est moi, pardienne! *aco's io.*

— Turlututu.

— Je vous assure que si; vous pouvez inscrire cela sur vos papiers.

— Alors, récapitule un peu.

— Voici : Boniface Waterloo dit Six-Orteils, de Cumalé, proche d'ici.

— Très bien!... A présent, file; et l'on te conseille de ne pas traîner sur le caillou.

Que diable se passait-il et que diantre avaient tous ces paroissiens-là? Le malheureux eût bien voulu le savoir aussitôt; il ne le sut même pas trois mois après ou plutôt l'année suivante en janvier 52, et cependant les gendarmes qui vinrent l'ar-

rêter au milieu de son jardinet et derrière
sa masure eussent été très à même de le
renseigner. On avait signalé ses propos
incendiaires à la police locale, lors du passage à Tronicôs du Prince-Président et,
dame ! voilà... Considéré par une com-
mission mixte comme membre de quelque
société secrète, affilié peut-être à cette terrible Marianne qu'on cherchait en tous
lieux et que l'on ne rencontrait nulle part,
il fut dirigé sur Port-Vendres en compagnie de nombreux citoyens aussi purs et
non moins nigauds que lui. Pendant la
marche, on allait par trois de front entre
des dragons et des grenadiers qui ne plai-
santaient pas avec leurs fusils, leurs pis-
tolets et leurs bancals ; il questionna ses
deux compagnons de chaîne. Or, ceux-ci,
démoc-socs énergiques et parfaitement
convaincus d'avoir évoqué le pharamineux
spectre rouge de ce temps-là, ne parvin-
rent pas à croire à tant de candeur et com-
muniquèrent leurs soupçons à ceux de

leurs camarades qui s'étaient levés aussi
pour défendre la Constitution contre le
sale gaillard qui l'avait caressée, brusquée
à tel point qu'elle en était morte, et dès
lors on se défia du « faux innocent. »
Tant qu'il resta sur les pontons, sitôt qu'il
s'approchait d'un groupe quelconque où
les fauteurs du Coup d'Etat n'étaient pas
précisément en odeur de sainteté, toutes
les lèvres se fermaient à l'instant ou lui
crachaient la même injure au visage.

— Ah! gémissait-il, un mouchard,
moi, c'est trop fort! et l'on s'imagine que
je suis ici pour mon plaisir et le chagrin
de tous ; ô major, mon protecteur, du haut
des nues, ayez pitié de moi!

Sur le voilier qui le transportait à
Cayenne, il apprit enfin et non sans éton-
nement d'un de ses pays, officier à bord,
le motif de sa disgrâce et se dépêcha de le
divulguer à ceux qui, comme lui, croupis-
saient à fond de cale. Au lieu de l'absoudre et de s'excuser de leurs injustes pré-

ventions à son égard, ils lui rirent au bec,
ces incrédules ; et, durant la traversée, soit
qu'il gelât à carène fendre ou qu'il *soleil-
lât* à brûler vergues et bastingages, selon
les zones maritimes sillonnées par le navire, aucun de ses co-prisonniers ne daigna lui témoigner la moindre sympathie,
et, là-bas, au Pénitencier, aux Iles du Salut, ce fut pis ! Encore plus suspect que
jamais aux proscrits et toujours épié par
la chiourme à laquelle on l'avait spéciale-
ment recommandé comme un criminel des
plus endurcis, un sacripant des plus dan-
gereux et capable de tout, il fut en butte
à mille avanies de la part des déportés et
de leurs gardiens. Sans s'en expliquer la
cause, il fut aussi traduit plusieurs fois en
conseil de guerre, condamné sans débats,
incarcéré dans une cellule, mis aux fers ;
et puis couché sur le banc des forçats ré-
fractaires, les « chats » des argousins lui
cinglèrent les reins et les flancs.

— Sabbat de Diou ! je n'ai pas de chance.

Eh ! que me veut-on et pourquoi suis·
je ainsi malmené? sanglotait-il à part
soi; ça chauffe, ça chauffe, en disant cela
pardi ! je ne me figurais guère commettre
un si gros crime ; il n'y a pas là de quoi
fouetter un chien et l'on me traite comme
un loup... Ah, mais en définitive, pourquoi donc ça chauffait-il le jour où j'eus à
Tronicôs, la triste fantaisie de jaser un
brin avec ces noirs estafiers en chapeaux
à cornes? il serait sorcier apparemment
celui qui me révèlerait ça...

Quelques Auvergnats parlant à peine
le français essayèrent de l'éclairer, il
n'y vit que du feu ; néanmoins il s'es-
tima très heureux de ne pas être mé-
prisé par ces braves *gazailhas* de Saint-
Flour et d'Aurillac qui, loin d'admettre
les bruits répandus sur son compte, le
réputaient, eux, au contraire, pour « un
junhomme » un peu bêta, pécaire, oui,
c'est vrai, mais bon comme le pain et tout
à fait inoffensif, auquel il était permis de se

fier en tout et pour tout ; aussi lui propo-
sèrent-ils bientôt de s'évader avec eux de
la Guyane.

— On ne souhaiterait pas mieux, *Vié-
daze !* que de revoir sa crèche et sa litière...

— Essayons-y ?

— C'est entendu.

— Tope-là !

— De tout mon cœur, *obe pel sigur*
(oui, certainement...)

Il s'agissait de tromper les yeux d'Ar-
gus des surveillants, et de construire dans
la brousse la plus rapprochée de la grève,
une barque en laquelle on tenterait de na-
viguer sur l'Atlantique afin d'atterrir aux
rivages de la colonie anglaise et, sinon à
Demerari, du moins à Para, territoire neu-
tre. On besogna sur-le-champ et l'esquif,
caché sous des cocottiers et des mangliers,
fut, au bout de quatre à cinq semaines,
muni d'un mât. Avec des lianes et des
joncs flexibles on doubla les linges gou-

dronnés qu'on s'était procurés et qu'on
avait taillés sur le patron des voiles lati-
nes. Enfin, le gouvernail fut posé. L'on
n'avait plus qu'à choisir l'heure propice.
Il leur parut un soir qu'elle était sonnée.
Or, donc, ils se donnèrent rendez-vous
pour le lendemain au delà des cases, à
la droite des môles, à minuit, et sui-
vant leurs conventions, ils s'embarquè-
rent, par une nuit sans lune. Au moyen
de branches de palétuvier en guise d'ans-
pects, ils lancèrent de leur mieux le bateau parmi les algues riveraines; il flotta,
mais bientôt s'enliza dans la vase; eux, s'é-
puisaient en vain à l'en dépêtrer...

— Une minute! s'écria le simple des
simples comme frappé d'une idée lumi-
neuse; sondons, et s'il n'y a pas trop de
sauce, on s'en tirera peut-être.

A peine la profondeur, une brasse environ, eût-elle été constatée, que le bouil-
lant quercynois se jette en la bourbe et
pousse la gabare de toutes ses forces, si

bien qu'enfin démarrée, elle entre dans un
courant et vogue mue par les vents alizés,
oui ; mais le palot englué dans la marmelade
y restait, et quand les autres lui tendirent
la perche, il ne put la saisir, car ils étaient
déjà trop loin ; en dépit de tous leurs
efforts pour rétrograder, la brise qui soufflait de plus belle les emporta vite au
large ; ils perdirent de vue leur infortuné
compagnon qui, bientôt, en eût jusqu'au
cou. Plus il s'évertuait à se dégager et
plus il s'enfonçait. Une pirogue indienne
passa. Les Caraïbes ou les Tamanaques
qui ramaient en chantant ne perçurent
pas les appels qu'il leur adressait ; tout à
coup il exhala ce cri désespéré :

— Qu'est-ce qui me mange ? *Aïou*, je
suis dévoré vif...

Et son sang s'échappait de ses chairs
entamées. Impossible à lui de faire le moindre mouvement et, pour comble d'horreur, un rayon stellaire glissant sur les
flots noirâtres et fangeux, lui montra

toute une bande d'immondes crustacés qui s'avançaient, tels que d'énormes tarentules.

— Ho! quelles vilaines bêtes sauvages! il n'y en a pas de pareilles chez nous dans le Tarn ni dans l'Aveyron ; elles me trouent... elles me lancinent et me sucent !

Une multitude de pinces, en effet, le torturaient et le déchiquetaient, tandis que des vagues limoneuses lui montaient aux narines. Il se sentit perdu, c'en était fait de lui... Pour abréger son supplice, il avait baissé la tête et tentait de l'insinuer sous la nappe boueuse et clapotante où grouillait l'ignoble vermine dont il était enveloppé, mais le tenace instinct de la vie et la suprême protestation de tout son être le contraignirent à se redresser ; alors un ura le mordit au nez, un autre à l'oreille gauche, un autre encore à la nuque.

— A moi, major, à moi, râla-t-il expirant ; ici, par exemple, on peut dire que ça chauffe !

Et voilà quelles furent ses dernières paroles ; absolument couvert de crabes, il s'était immergé de rechef, et l'affreux festin commencé près des côtes de l'Île du Diable, fut achevé plus loin, en pleine eau, par d'autres convives. Au milieu d'un tourbillonnant essaim de monstres se disputant la pâture que leur avaient apportée les remous, un squale avec ses ailerons métalliques effleurés par une lueur sidérale et son effroyable denture ensanglantée, apparut un instant au-dessus de la mer huileuse et s'y replongea... Victime à jamais déplorable de Décembre, on demande que ton nom obscur soit inscrit en lettres éblouissantes sur la fameuse liste vengeresse dont la Chambre des députés a voté naguère l'insertion au *Journal officiel*, et comme indemnité posthume, on réclame, en outre, pour toi, martyr, le Paradis, s'il y en a un, et l'Enfer, s'il n'est point un

mythe, pour ton bourreau.   n ni
l'autre vous ne l'auriez volé ! Cc   e c'est
pourtant que de nous et quelle jus ice di-
tributive sur notre sphère? Un trê à bonaparte et pour Six-Orteils le bat   e les
requins! Honnête Napoléon! infâm   o-
terloo !...

Novembre 1882

Treize

— 1856 —

TREIZE

13!... Ce chiffre fatal, date de ma naissance, je l'avais aussi tiré de l'urne du sort quand eurent sonné mes vingt ans, et ma mère, assez superstitieuse, concevant un très mauvais présage de la nouvelle apparition en ma vie d'un tel numéro, s'efforça de son mieux et parvint à me dissuader de prendre le métier des armes, dont mon aïeul, ancien volontaire de 92, m'avait inculqué le goût dès mon bas-âge. Il ne s'agissait plus que de m'acheter un remplaçant, oui ; mais le moindre, à cette époque-là, coûtait trois mille francs, et

2

mon père, ayant gagné fort péniblement
le peu qu'il possédait et sachant la valeur
de l'argent, ne consentait guère à débour-
ser une somme si grosse que « personne
n'en a jamais trouvé de pareille dans le
pas d'un cheval ! » Enfin, s'étant laissé
fléchir, il consentit à se mettre en quête
d'un pauvre diable de la ville ou de la
campagne, et l'ayant par hasard déniché
en pleins champs, le conduisit sans retard
au chef-lieu du département, et l'y fit
agréer par les autorités civiles et militai-
res. Il me souvient encore du jour où s'of-
frit à mes yeux ce prédestiné. J'étais, ce
matin-là, chez un de nos voisins, taillan-
dier, devant qui « le fer tremblait de
l'aube à la brume, » et j'admirais ce terrible ouvrier, debout au milieu d'une pluie
d'étincelles, et martelant sur sa bigorne
une énorme barre de fer rougi, lorsque,
accompagné d'un maigre et grisâtre ter-
rien, usé jusqu'à l'âme, et d'une saine et
blonde bergère, il entra dans la forge,

bouvier rude et brun, lui qui n'avait pas
voulu partir pour moi qu'il ne connaissait
pas encore avant de m'avoir « fraternelle-
ment accolé. » Bien découplé, quoique trop
trapu peut-être, il se dandinait naïvement,
un gourdin épineux aux doigts, sous le
sac en toile d'emballage dont il avait les
épaules chargées, et montrait en un large
rire béat trente-deux dents d'une blancheur
d'ivoire incrustées parmi des gencives
d'un vermillon non moins vif que le co-
rail écume de sang. Aussitôt qu'il m'eut
interpellé par mes nom et prénoms, je l'ac-
costai.

— C'est moi, dit-il, tout épanoui ; moi,
Bernard Dombioz !

Et le voilà me racontant d'une langue
vraiment alerte et musicale, en vertu de
quels motifs il s'était décidé, « non sans
quelque soûleur, » à traverser les mers
ainsi qu'à braver les canons ennemis à ma
place. Il y avait déjà longtemps que son
auteur devait une centaine de pistoles à

certain notaire des environs qui menaçait
de le poursuivre; afin que l'ancien ne fût
ni tracassé, ni surtout exproprié, lui, le
fils, sollicité par des marchands d'hommes,
s'était vendu. Les espèces qu'il avait tou-
chées suffiraient amplement à satisfaire
leur créancier et même à bonifier leurs petites terres dégrevées de toutes hypothè-
ques et fertiles en vin non moins qu'en
blé. Vigoureuse autant qu'un gars et ma-
niant aussi bien que le premier venu les
houes et les charrues, sa fiancée, à défaut
du vieux, infirme, pécaïre! et poussif, la-
bourerait, emblaverait et binerait les lo-
pins de fromentale et de vigne jusqu'à son
retour de l'armée. Oh ! pardi, certes, au
moment de se joindre en mariage, c'était
dur, fort dur entre galants de se séparer
pendant sept années: seulement il n'y
avait pas eu moyen de pratiquer différem-
ment. Ils auraient de la patience, tous les
deux, et pouvaient compter sur la fidélité
l'un de l'autre. On ne meurt pas toujours

sous les drapeaux, et lui, ma foi, solide et prudent quoique aussi crâne que qui que ce fût, espérait bien revenir au pays sinon en entier du moins en partie et, dans ce cas, avec une bonne pension qui leur permettrait de la couler douce ensemble, au fond de leur combe et sous leur toit.

·— Très sagement raisonné, paysan, applaudit le forgeron non moins ému que moi-même de tant de candeur, et tendant sa droite au conscrit, il ajouta : Bon voyage ! où t'envoie-t-on ?

— A Marseille d'abord et puis en Crimée ; à ce que rapportent les gazettes qu'on lit chez nous, on a tant besoin de renforts là-bas pour y boucher les trous que la mitraille a creusés en nos bataillons que les recrues apprennent l'exercice sur les ponts des vaisseaux de guerre en naviguant.

— Tiens !

— Un abbé nous l'assurait encore hier ; il paraît que ça flambe ferme en cette contrée lointaine et que pourtant on y gèle au point que nos troupes, pour se garantir du froid, s'habillent avec des peaux de mouton. Heureusement pour moi, loin d'être frileux, j'ai toujours chaud partout, en hiver comme en été; n'est-ce pas, m'amie?

— Oh! c'est la pure vérité, répondit-elle en caressant son amant d'œillades si passionnées qu'il en fut tout affolé; rien qu'en me frôlant les cottes, il me les brûle...

— Hein! oyez-vous donc ma belle, moussus?

Et sa bouche béa de telle sorte que l'une des limailles enflammées voltigeant autour de nous y pénétra...

— Doucement, hé, toi l'étincelle qui me donnes soif!

Invités là-dessus à se rafraîchir, ils acceptèrent de gaieté de cœur et, tandis que nous choquions le verre, eux, le fèvre et moi, je fus pris d'une invincible et lourde mélancolie, à la pensée que cette famille de pauvres si unie allait, à cause de moi, se disperser peut-être à jamais...

— Secouez-vous donc et ne soyez pas plus triste que celui qui s'en va, vous qui restez ; à votre santé, monsieur !

— A la tienne, l'ami !

Nous bûmes en chœur ; ensuite il s'écria :

— Voici mon idée à moi, la voici ! Je présume que je suis assuré contre la camarde ! Il y aura de cela dix-sept ans à la prime, et j'en avais quatre alors, une muraille auprès de laquelle j'étais assis, fondra. L'on me crut cuit ; ah bah ! pas une égratignure ! Huit récoltes après, au milieu de notre prairie, un bœuf des plus méchants se lança sur moi qui ne l'avais pas vu venir ; il se cassa les cornes contre le tronc du chêne où j'étais appuyé ; moi, totalement indemne ! Enfin, aux dernières fenaisons, une vipère me pique au jarret pendant que je sommeillais à l'ombre d'une ramure ; aussitôt éveillé, v'lan ! à l'aide de ma ser-

pette je me fends les chairs et puis.y verse
quelques gouttes d'alcali. Nul dégât ! et le
lendemain matin ma plaie n'était pas seulement enflée. Est-ce que je mens ici, vous
autres, les miens ? Assuré, je suis assuré,
c'est positif. Franchement, je vous le cer-
tifie à tous, soyez tranquilles, ne vous
tourmentez pas ; si les os de beaucoup de
mes colégionnaires sont condamnés à fu-
mer les rivages de l'Orient, aucun des
miens n'y moisira, nenni ! j'en réponds
sur ma caboche que le régent de notre village estimait plus dure qu'un roc. Cor-
dienne ! On vous ramènera tel quel celui
que vous fîtes à l'honnête manante de qui
vous êtes veuf, papa ; toi, maîtresse, un
dimanche, ou plutôt un jeudi, tu devien-
dras ma légitime en présence du maire et
du curé ; notre graine ne sera pas bâtarde ;
et quant à vous, citadin, vous le reverrez
en corps et en âme, le pacant qui vous
parle à cette heure, assez leste encore et
toujours aussi content en dépit des coups

que vous aurez reçus sur sa peau, là bas, hors de France, à mille lieues d'ici, chez le Russien ou le Prussian...

Nous trinquâmes une dernière fois, et mes prunelles attendries l'escortèrent dans la rue, tandis que, très guilleret, enlaçant d'une main sa fraîche amoureuse et soutenant de l'autre la marche chancelante de son vieux père, il s'éloignait en me criant de sa voix cordiale et sonore, où, comme un écho, vibrait déjà le heurt des futures batailles :

— Au revoir !

« Où maintenant est-il, lui ? » Combien de fois ainsi m'interrogeai-je après le départ de ce serf déraciné de sa glèbe natale, et je suivais sur une carte géographique les mouvements signalés par les télégrammes du régiment d'infanterie légère dans lequel il avait été incorporé. Je sus d'abord que le choléra-morbus avait décimé sa brigade et que son bataillon avait perdu les trois quarts de son effectif au pont d'Inkermann après s'être emparé de la batterie des « sacs à terre. » Ensuite on m'annonça qu'au bastion Korniloff sa division avait été presque anéantie, mais que s'étant battu comme un lion, non loin des Anglais écrasés au Grand Redan, ainsi que nous sous Karabelnaïa, lui, mon représentant, avait survécu presque seul de sa compagnie à ce désastre exposé comme un échec sans importance par les généralissimes, et qu'il avait été cité pour sa belle conduite à l'ordre du jour. Enfin, selon un officier de zouaves, amputé des deux jambes, évacué récemment de Kamiesch sur Constantinople et de cette capitale sur Marseille, originaire de même que lui de Beaumont-de-Lomagne, chef-lieu de canton en Tarn-et-Garonne, il jouissait à cette époque-là d'une excellente santé; de plus il avait profité des loisirs que le bombardement de Sébastopol laissait aux soldats des quatre nations alliées pour apprendre dans les tranchées et sous

la tente l'alphabet, l'écriture et le calcul.
Les dépêches, alors assez bonnes, corro-
boraient les dires du rapporteur, à savoir
que si plusieurs coups de chien étaient encore nécessaires pour en finir avec Ment-
chikoff, Pauloff, Todleben et leurs cosa-
ques à peu près démoralisés par la chute
du Mamelon-Vert, on était certain cependant d'enlever à bref délai les Ouvrages
Blancs et la tour Malakoff, clé de toutes les
positions ennemies ; en effet, ils furent pris
d'assaut quelques semaines plus tard. Dès
lors, en province ainsi qu'à Paris, chacun
considéra la guerre comme terminée, et
moi, n'ayant pu malgré mes démarches
obtenir aucun autre renseignement sur
l'intrépide fantassin auquel je m'intéressais tant, je m'attendais à le revoir bientôt
sain et sauf, lorsqu'un matin, au marché
de Montauriol en Quercy, je me rencon-
trai nez à nez avec son ancien et sa promise. Ils étaient bien changés tous les
deux ; elle, vêtue de noir et très amaigrie,

berçait en soupirant un poupon qui me
frappa par sa ressemblance avec l'absent, et
lui, le vieil homme, blanchi, courbé, brisé,
cassé, s'appuyant sur une béquille, tous-
sait, crachait, et s'arrêtait à chaque pas.
En m'apercevant, ils frémirent de tous
leurs membres, et tout transis reculèrent
d'horreur.

— Hé bien ! hé bien ! leur demandai-je
en les abordant très angoissé, comment ça
va ?

— Mal, nous autres.

— Et lui ?

— Bernard !

— Oui.

— Jugez-en…

Et, lentement, ayant ôté de l'une de ses
poches de sa noire veste de bure à queue
tronquée une lettre graisseuse à moitié
déchirée, il me la tendit en me regardant
dans le blanc des yeux, et machinalement
je la lus tout haut :

« … Il s'est comporté comme pas un, nul

ne me contredira. Tout le monde, en cette
journée terrible où les boulets pleuvaient
pareils à des grêlons alors que la tramon-
tane souffle sur nos belles vallées, admirait
à l'envi ce vaillant batailleur dont vous
aviez bien le droit de vous enorgueillir,
ô papa Dombioz ! En a-t-il embroché des
artilleurs et des fusiliers de Nicolas et d'Ale-
xandre à la baïonnette ! A coups de crosse,
quand la pointe de son yatagan eut été
faussée, il assomma quatre ou cinq canonniers à casquette plate sur leurs pièces fumantes et fendit en deux un colonel en
tunique olive et en épaulettes à graines d'é-
pinards, commandant les grosses pièces qui
nous dégueulaient de la mitraille à la figure.
On l'applaudissait au fort du combat, et
les vétérans témoins de sa bravoure en
étaient abasourdis. Soudain, il trébucha,
glissa, s'abattit sur les genoux, et ceux
qui chargeaient auprès de lui se penchè-
rent pour le relever. Il se redressa superbe,
en crachant du rouge, et, le premier de

nous tous, se planta sur le parapet de
cette redoute meurtrière dont la possession
nous valut la victoire. Hélas! hélas!
hélas! elle nous coûte fort cher, et si
moi, qui vous écris tant bien que mal,
de la main gauche aujourd'hui, je ne l'ai
payée que du plus utile de mes bras, celui
qui tient le manche de l'araire, beaucoup
ne l'ont remportée qu'au prix de leur vie,
entre autres mon meilleur camarade, votre
unique héritier, dont une bombe emporta
la tête, et de qui la poitrine avait été
déjà traversée par un biscaïen, nom de
Dieu! Soyez fier de lui, car il est tombé
sans peur et sans reproche, au champ
d'honneur, cet incomparable grenadier que
nous pleurons tous!...»

— Hé quoi! m'écriai-je, effaré; vraiment,
est-ce possible?

— Oui, s'il faut en croire le maréchal
de France ministre de la guerre, répliqua
le vieux paour en m'accusant d'un geste
et d'un organe solennels; oui, pour notre

malheur éternel ! et moi, pour que ce petit à la mamelle pût porter le nom de son
père enterré qui sait où, j'épousai pour la
frime celle qui n'était pas encore la femme
de mon brave garçon devant la loi ; mon
fils est mort à la place où vous-même auriez été tué s'il n'était pas parti pour vous.
Au pauvre de périr afin que le riche vive ;
il en a toujours été comme ça... Vous ne
me devez rien, monsieur, non, rien, puisque vous nous avez acheté, soldé tout son
sang !

Et, m'ayant arraché des doigts le papier
que j'y froissais, le vieillard entraînant la
veuve en deuil du vendu, passa farouche
et menaçant à côté de moi. Percé de son
regard aigu comme un poignard, je m'en-
fuis, emportant au cœur une blessure qui,
s'étant depuis lors difficilement cicatrisée,
se rouvrait toute grande et pour ne plus se
fermer, le jour où la nourrice de ma pre-
mière-née à qui ma femme, qu'on déses-
pérait de sauver, n'avait pu donner le sein,

nous apprit en sanglotant qu'elle venait
de perdre son propre enfant âgé de quatre
mois qu'elle avait sevré pour allaiter la
nôtre et gagner de quoi subsister elle-
même avec lui.

Octobre 1882

Régicide

— 1857 —

RÉGICIDE

Q UEL était donc ce paralytique en cheveux blancs ? Il m'avait toujours tiré
l'œil, lorsque, troisième clerc de Mᵉ Gaulier,
avoué, rue du Mont-Thabor, et dont l'é-
tude ou plutôt la maison était contiguë à
celle où le puîné des Musset achevait d'a-
goniser en ce temps-là, j'avais, revenant
du Palais de Justice, à traverser le jardin
des Tuileries au long des allées duquel
luisaient et grinçaient les roues du frêle
tricycle où, lui, l'invalide, tassé sur soi-
même et soutenu sous les aisselles par
un ou deux serviteurs qui poussaient tour
à tour sa chaise roulante, sommeillait
très souvent.

— Tu ne le connais point, toi, cet antique ? me demanda par une après-midi de printemps un de mes compatriotes, sexagénaire au moins, avec qui je me promenais autour du bassin central ; il est pourtant de notre pays, et m'a parfois sermonné quand, encore tout gamin, et fort débraillé, je courais sur les remparts de ma ville natale aux environs de laquelle il est né lui-même et qu'il a longtemps habitée ; attends un peu, mon garçon, et je te parie un franc contre un sou que s'il m'aperçoit, il m'appellera...

Nous manœuvrâmes tous les deux ensemble de façon à nous trouver en face de l'imposant vieillard en qui ne vivaient plus que la tête et le cœur. Assez éveillé ce jour-là, contrairement à ses habitudes, il vit bientôt mon compagnon et l'ayant reconnu, le salua d'un hochement de tête. Or, celui-ci s'étant approché très respectueusement de celui-là, renversé dans son petit char à trois roues, ils s'entretinrent avec animation pendant quelques instants au milieu de la foule très nombreuse à qui toutes les gazettes de Paris avaient annoncé le matin même que le marronnier du 20 mars, arbre sacro-saint à cette époque, et d'ailleurs toujours précoce, était déjà fleuri.

— Des gaillards de cette trempe, il n'y en a plus ou guère aujourd'hui, murmura mon grave ami, dès qu'il m'eut rejoint, et j'ignore si la France en produira jamais de pareils.

— Aurait-il par hasard accompli des miracles, ce vieux Monsieur ?

— Il était de la Convention.

— Un conventionnel, lui, vous plaisantez sans doute ?

— Aucunement.

— En 1857, il en existerait encore de ces gens-là ?

— Plusieurs.

— Allons donc !

— En voici du moins un ; et, tiens, il

y a trois ans à peine que je dînai sur la rive gauche de la Seine avec certain personnage dont tu dois avoir probablement entendu parler.

— Orateur ou bien écrivain ?

— A la fois l'un et l'autre!... Originaire de Poitiers, celui-là fut successivement procureur syndic sous la Royauté, député de la Constituante, président de la Convention nationale et des Cinq-Cents où l'avaient envoyé 32 départements, préfet de la Gironde en 1800, conseiller d'État en 1801, encore préfet, et cette fois des Bouches-du-Rhône, en 1803, sans fonctions sous la première Restauration, commissaire extraordinaire dans la Côte-d'Or et pair de France pendant les Cent-Jours, exilé sous Louis XVIII et Charles X, et je ne sais plus trop quoi sous Louis-Philippe et en 48; enfin, naguère, il est mort sénateur de Napoléon III.

— Sénateur de Napoléon III, après avoir été président du Conseil des

Cinq-Cents et de la Convention nationale ?

— Hélas ! oui.

— Quel âge avait-il donc quand il dé-
céda ?

— Pas tout à fait un siècle.

— Et quel était, s'il vous plaît, le nom
de ce renégat ?

— Thibaudeau.

Je fus saisi comme je l'avais été dans mon
enfance, un soir que mon père au retour
d'un voyage aux Pyrénées nous dit en se
mettant à table : « Hier, j'ai causé sur la
montagne avec un conseiller général de
Tarbes, qui peut se vanter d'en avoir vu
de toutes les couleurs ; il est très vert
quoique fort ancien, et s'appelle Barère de
Vieuzac ! » comme je le suis encore quand
je rencontre sur ma route ce vétéran qui
fut nommé lieutenant d'infanterie à Austerlitz, capitaine au siège de Dantzik, chef
de bataillon, après Essling et Wagram, en
se rendant en Espagne, colonel à Mos-

kow, puis après Lutzen, brigadier à
Pirna, le général Schramm, qui, né le
1ᵉʳ décembre 1789, verra dans cinq ans,
et je le lui souhaite de grand cœur, le centenaire de la Révolution...

— Oh! reprit mon interlocuteur, il est
d'un autre acabit que le Thermidorien
dont je t'ai touché deux mots, cet ex-Mon-
tagnard de la République à qui je viens
de présenter mes hommages, et je t'assure
qu'aux États-Généraux il fut non moins
remarqué qu'à la Législative et dans les
autres assemblées. Et quand on jugea
publiquement le mari de l'Autrichienne,
on l'entendit au-dessus comme au-dessous
de la tribune, où chacun de ses collègues
montait tour à tour pour motiver son vote :
« Hésiter, déclara-t-il, à se débarrasser de
l'un de ces rois qui jamais n'hésitent, eux,
à sacrifier à leurs caprices les peuples
qu'ils gouvernent au nom d'un prétendu
droit de naissance ou de conquête, serait
un crime dont je ne me rendrai jamais

complice, et c'est pourquoi je vote ici la
mort de notre ennemi-né, Louis Capet, et
sans sursis ! » Si, plus tard, il affronta les
terroristes en soutenant contre eux Danton qui personnifiait à ses yeux la force
unie à la justice et qu'il considérait
« comme le seul nautonnier capable de
conduire au port le vaisseau de l'État à
travers le déchaînement des flots populaires, » il applaudit ardemment à Saint-
Just qui, tout couvert encore de la poudre
des champs de bataille du Hainaut, s'élan-
çait à la barre vers Couthon et Robespierre décrétés d'accusation, et le seul qui
eut assez d'audace et de vertu pour
serrer la main à l'Incorruptible étendu
tout sanglant et la mâchoire fracassée sur
une table de marbre dans la salle d'at-
tente de la Convention. En prairial, il s'in-
surgea contre les réacteurs de Thermidor,
et faillit périr avec Soubrany, Romme et
leurs adhérents. Sûr de Carnot, très com-
promis cependant avec les royalistes, en

Fructidor, il ne sut prendre parti ni pour ni contre le Directoire ou les Conseils et garda la neutralité. Mais en brumaire, quand Bonaparte revenu d'Egypte, eut l'audace de franchir le seuil des Cinq-Cents, il marcha résolument, un poignard à la main, sur le Dictateur à qui ses grenadiers sauvèrent la vie en désarmant celui qui, pressentant en leur chef un nouveau César, avait cru de son devoir d'agir envers celui-là comme Brutus envers l'autre. Après l'attentat de Saint-Cloud, il se retira loin de Paris et vécut isolé parmi d'épais et veules provinciaux du Midi dont il avait été l'oracle pendant cette période décennale, et qui courbés dès lors sous la botte d'un soldat jaloux de restaurer à son bénéfice le trône écroulé des Bourbons, s'écartèrent de lui comme d'un pestiféré, le redoutant toujours et l'admirant aussi, car ils n'avaient pas oublié que lorsque les armées étrangères foulaient le sol de la patrie et se rapprochaient chaque jour davantage du

siège de ses représentants, lui, n'ayant jamais désespéré d'elle, avait, pour en assurer le salut et l'indépendance, voté la
mort du criminel allié des souverains de
l'Europe, le Roy !

Tandis qu'on me narrait les actions de
ce preux d'un autre âge et que la mort
avait si longtemps respecté, je l'étudiais
moi, ce héros ! Son costume suranné
composé de culottes en nankin, de souliers à boucles d'acier et d'une cravate
claire à bouts flottants tombant sur les
grands revers d'un habit bleu tel que celui de cérémonie adopté par les patriotes
de l'an II, s'harmoniait à merveille avec
la fière physionomie et les traits sévères
de son visage rasé, encadré de longs cheveux noués sur la nuque d'un ruban de
soie brune, et je retrouvais en ce type
effacé, qui me remémorait certaines effi-
gies gravées sur des médailles romaines,
toute une génération aujourd'hui disparue.
Et, soudain, ce bronze s'anima. Nombre

de gens en blouses trop blanches pour
qu'elles appartinssent à des tâcherons, se
pressant autour du fût légendaire, avaient
fini par découvrir à l'extrémité de l'une de
ses branches quelques bourgeons épanouis,
et voilà qu'ils se précipitaient tous ensemble vers le monument de Philibert De-
lorme en proférant à tue-tête ce cri qui,
dans le public, n'eut pas d'écho :

— Vive l'Empereur !

Alors le perclus se souleva tout pâle sur
ses jambes mortes et ses prunelles dardè-
rent des flammes sur la figure verdâtre et
sombre aux moustaches en crocs qui tâchait
en vain de sourire du balcon du pavillon
de l'Horloge, à la tourbe de policiers braillards et travestis en prolétaires, et l'on ouït
ceci :

— Plus de servage, à bas les tyrans !

Une nuée de sergents de ville et d'a-
gents secrets de la rue de Jérusalem eurent bientôt enveloppé le factieux qui
s'était permis de protester de la sorte,

en face de l'élu de toutes les brutes à
figure humaine qui peuplaient la France
des décembriseurs et, pêle-mêle, ils se
ruèrent sur lui qui, retombé sur les cous-
sins de son véhicule, leur rit au nez en
haussant les épaules. Un vieux ! un infirme ! Ils rougirent de honte, ces sbires,
et reculèrent devant la foule compacte qui
les bravait, en les huant.

— Tel il était, tel il est. Un qui n'a
pas changé, c'est lui ! murmura tout bas à
mon oreille la voix concentrée de mon
compatriote, et le neveu de l'oncle que tu
sais vient ici d'entendre à peu près ce que
l'oncle de ce neveu perçut ailleurs, il y a
plus d'un demi-siècle.

— Ho, racontez-moi ça ?

— Volontiers ! Seulement reposons-
nous un peu, d'abord, au pied de ce marbre, qui représente un nègre, ce me semble ?

— Oui, l'esclave noir de l'Amérique du
Sud rompant ses chaînes.

Et nous étant assis côte-à-côte sur un banc de pierre, nous nous adossâmes en silence au piédestal de ce Spartacus rappelant par son attitude et son geste celui de Denis Foyatier.

— Hé, reprit enfin mon aîné, parlant très lentement, il m'en souvient comme d'hier et cependant, à cette époque, enfanteau, je ne m'intéressais guère à ces choses-là. C'était à la fin d'un hiver assez rigoureux pour que toutes les rivières de notre chaude région eussent gelé. Depuis environ six ans l'ex-lieutenant au régiment d'artillerie de Grenoble avait ceint la couronne impériale de Charlemagne et tout tremblait devant lui. Son empire, parvenu dès lors à sa plus grande extension, avec ses 130 départements territoriaux, ses 24 du royaume d'Italie et ses 7 provinces illyriennes, pesait de tout son poids sur l'Europe épouvantée. A Berlin, Frédéric-Guillaume de Prusse obéissait aux ordres émanés de Paris, ainsi qu'un

simple préfet des Gaules; à Vienne, François II d'Autriche se résignait à céder
Marie-Louise, sa fille, à celui qui l'avait
humilié si souvent; à Moscou, le Tzar
s'efforçait en frémissant à reformer ses
hordes écrasées sous Eylau, presque anéan-
ties à Friedland; aidée des Anglais de
Wellington, qui n'était encore qu'Arthur
Colley de Wellesley, l'Espagne se refusait
au joug et la fortune ne trahissait pas toujours l'héroïsme de cette nation; un instant
même, elle l'emporta et contraignit Dupont
à capituler à l'heure où Junot fléchissait
en Portugal. Il lui suffit de paraître en la
Péninsule, lui, le faiseur et le défaiseur
de rois, pour que la victoire lui demandât
pardon d'avoir été parfois infidèle à notre
drapeau. La prise de Saragosse, les triom-
phes de Burgos, d'Espinoza, de Tudela, de
Somo-Sierra rendent Madrid à Joseph, et
c'est après l'avoir réintégré dans l'Escu-
rial où dort à jamais Charles-Quint, que
son frère et maître déjà possesseur de l'é-

pée du grand Frédérick, songe à regagner
Paris, afin d'y préparer l'invasion de la
Russie où règne le successeur de ce
Pierre Ier qui nargua les menaces de
Louis XIV. En janvier 1809, le souverain
arbitre du monde repassait les Pyrénées et
certain dimanche, on apprit en mon humble cité qu'elle aurait l'honneur de recevoir
bientôt le potentat des potentats. Il y arriva par un soir de mars au coucher du
soleil. La population urbaine et rurale était
tout entière aux abords du magnifique pont
de pierre construit sur la Garonne alors
qu'Henri IV ne gouvernait encore que la
Navarre. Une salve de vingt et un coups
de canon accueille cet illustre voyageur,
qui descend de sa berline et marche escorté de grenadiers à cheval et suivi de
quelques maréchaux et de divers digni-
taires vers le préfet du département et le
maire de la ville qui l'attendent de l'autre
côté du fleuve, à l'entrée des faubourgs.
« Sire, lui dirent-ils entre autres choses,

en se courbant autant que leur échine le
leur permettait, tout l'univers vous admire,
et ce pays que nous avons l'honneur d'ad-
ministrer et de représenter en ce jour fortuné, vous offre avec joie et sérénité par
notre intermédiaire le dévouement illimité
de tous ses enfants, la fleur de vos sujets. »
Aussitôt que cette plate harangue offi-
cielle eut été débitée avec force génu-
flexions, Sa Majesté daigna honorer ces
valets d'une de ces réponses à effet cal-
culé qui lui étaient familières et dont voici
les derniers mots : « Il nous plaît de
vous assurer qu'en cette conjoncture
nous nous félicitons surtout du patriotisme
à toute épreuve de la Gascogne, cette perle
de nos États, où nul ne conteste que jamais la France ne fut aussi glorieuse
qu'elle l'est de nos jours!... » « Si! quelqu'un le conteste ; elle était plus grande
et plus pure, naguère, au temps où celle-ci
que l'on assassina vivait!... » Tous les regards se fixèrent sur le groupe d'où cette

dénégation sanglante avait jailli. Soudain
la foule stupéfaite s'ouvrit d'elle-même et
l'on en vit sortir un homme inflexible
comme une statue qui s'avançait sans sour-
ciller vers le Corse en train de se mordre
les lèvres Il était vêtu, ce plébéien, ainsi
que les tribuns sublimes de 93 qui jetaient
en défi aux rois une tête de roi, et montrait de l'œil, ne pouvant le faire autrement,
car, ayant plongé naguère dans les eaux
glaciales d'un étang afin d'en ôter une
femme qui sans lui, s'y fut noyée avec
deux de ses enfants en bas-âge, il resta
dès lors paralysé des bras, une sculp-
ture ornant la corniche de la porte cintrée
du pont d'où sans doute on avait oublié
de l'enlever après le Sénatus-Consulte de
1804, et qui figurait la Marianne coif-
fée de son bonnet phrygien et levant au
ciel le triangle égalitaire. Aussi surpris
qu'irrité de tant de hardiesse, l'Empereur
toisa de pied en cap le téméraire et le re-
connut tout à coup quoiqu'il ne portât

plus la pourpre soyeuse des membres du
Conseil des Cinq-Cents, et qu'il n'étrei-
gnît plus de poignard entre ses doigts.
Souvent, très souvent, avant la chute des
Jacobins, ils s'étaient rencontrés, se tutoyant
alors, chez le futur maréchal Brune, qui
n'était encore que journaliste et l'un des
fondateurs du club des Cordeliers, et même
chez Robespierre le jeune à qui, pour lui
plaire et gagner ses faveurs, on n'avait
qu'à se montrer bon sans-culotte ; un
peu plus tard, ils s'étaient vus chez un
sincère patriote, le magique acteur Talma,
qui se disposait à créer le rôle de Charles IX, dans le drame de Marie-Joseph
Chénier ; et maintenant, pour la première
fois depuis dix ans, à la dernière heure
du Directoire, ils se retrouvaient tous
les deux face à face, l'intègre conventionnel et le liberticide couronné. *Trage-
diante comediante*, Napoléon baissa les
yeux et dit avec cette fausse bonhomie
dont s'extasiaient tant les naïfs : « Ah !

c'est donc ici, terrible frondeur, que vous vous êtes retiré? Je suis charmé de notre rencontre et j'en remercie le hasard qui ne m'a jamais mieux favorisé. Touchez-là, mon cher, et croyez-moi votre ami.» L'inébranlable amant de la liberté secoua dédaigneusement la tête, et pendant que le parricide de la Révolution, hagard et livide devant ce spectre du passé, remontait, dévorant son affront, précipitamment en voiture, on entendit tomber une à une de la bouche du puritain qui n'avait jamais menti ni plié, ces paroles fières, pompeuses, hautaines, solennelles, un peu théâtrales, imitées du langage des Grecs et des Romains, et tout empreintes du sentimentalisme académique de Jean-Jacques Rousseau : « Citoyen Bonaparte, en présence de tous, ici, je bénis l'Être suprême de m'avoir récemment privé de l'usage de mes mains; s'il m'était encore permis de m'en servir à mon gré, je pourrais, séduit par ta gloire, absoudre ton forfait et me couvrir d'opprobre en serrant les tiennes, ou peut-être aussi, ne voyant en toi que le fléau du genre humain, immortaliser mon nom et mériter en même temps que ceux de mes contemporains et de la postérité, les applaudissements de ma conscience, en immolant un nouveau tyran au salut de la République et de la Nation ! »

Janvier 1884

4

Belsuquez junior

— 1869 —

BELSUQUEZ JUNIOR

Yatagans et bombardes! Amis, que
m'apprenez-vous là, sans ménage-
ments, au débotté? Ma candidature compromise! On préfèrerait ce Juclard, un
raffineur de sucre, au barde que je suis?
Ils n'ont donc pas lu, nos villageois, la
dernière ode où je les célèbre, et s'ils l'ont
lue, ils ne l'ont donc pas appréciée! Elle
était pourtant exquise et je m'étonne que
ces sacrés palauds n'aient pas tressailli à
mes accents épiques et lyriques:

> O remparts de la dynastie!
> Paysans, fleur de la démocratie,
> Mariez l'aigle et le lion,
> Car aujourd'hui, sous ce Napoléon

4.

Ils font tous deux fort bien la paire,
L'Oiseau de l'Empire... et la bête populaire !

Hein ! Est-ce rimé ça... Je comptais,
grâce à ces vers, avoir mille voix de plus,
et bernique ! Oh ! mais il ne sera pas dit,
non, non, non ! que moi, l'élu de ces terriens, après le coup d'Etat, et derechef,
en 1857, en 1863, je sois sans plus de
façons mis au rancart par eux en l'an de
grâce 1869 !

Et M. Belsuquez junior, le poète, qui toujours avait tenu singulièrement à ce qu'on
ne le confondît pas avec ses aînés, Belsuquez major, le médecin, et Belsuquez mi-
nor, l'avoué, tapait du talon les carreaux du
parquet et redressait son torse noueux en
arpentant le rez-de-chaussée de sa vieille
maison familiale où, réunis, des juges,
des prêtres, des fonctionnaires, des industriels parvenus et quelques officiers en retraite, la crème de ses partisans, n'osaient
souffler mot, tandis qu'il les toisait d'un
œil courroucé...

— Nous avons rempli notre devoir, hasarda timidement et d'une voix nasillarde une sorte de marguillier à tête de vipère et qui distillait du venin par tous ses pores, mais nous nous sommes heurtés à des difficultés sans égales et presque insurmontables...

— Insurmontables ?

— Oui.

— Voyons un peu !...

— Monsieur le préfet du département dit à qui veut l'entendre que Sa Majesté l'Empereur, tout en vous accordant le titre de candidat officiel dont Elle ne saurait vous dépouiller en raison de vos longs et loyaux services, serait ravie, au fond, de votre échec, et le pis est que M. le général de la subdivision militaire, M. Râfflu, baron de San-Martino, parle le même langage...

— Ils sauteront tous les deux, ces pantins !... En vérité ?

— Rien de plus exact, et nous allions

vous en informer, lorsque vous êtes arrivé
brusquement à Montauriol ; à notre avis, et
nous nous sommes consultés à plusieurs re-
prises pendant votre absence, il serait utile,
nécessaire, indispensable, dans les derniers
cinq jours qui nous séparent de celui du
scrutin, de frapper l'imagination de ceux
de vos électeurs que votre compétiteur a
séduits en raffermissant du même coup la
foi de vos fidèles ; sans quoi tout est perdu !

— Perdu ! perdu !

Le bonhomme répétait machinalement
ces mots, et la sueur, perlant à la pointe
de ses cheveux drus et blancs de septuagénaire, coupés ras de même que ceux des
grognards, ruisselait sur sa face rhomboï-
dale et finaude comme celles des rustres
de son pays natal, auxquels il ressemblait
d'ailleurs, ce petit-fils de paysans, ainsi
qu'un enrichi ressemble aux misérables,
qui sont ses frères

— Épées et canons !...

Il était manifeste pour tous ceux de ses

adhérents réunis là que sa cervelle s'é-
vertuait à découvrir un biais, un moyen,
un truc qui lui ramenât les frondeurs de
l'arrondissement et rétablît toute son influence.

— Une bataille, si compromise qu'elle
soit, peut toujours se gagner, souffla dans
un coin une vieille culotte de peau, témoin
Marengo, témoin encore ..

— Attendez ! interrompit tout à coup
en caressant ses moustaches en brosse
celui qui s'intitulait lui-même l'Homère de
la Gascogne, tout est sauvé, tout ! Euréka !
s'écriait Archimède à Syracuse ; or, comme
lui, cet éminent géomètre, j'ai le droit de
dire ici : j'ai trouvé !

Les yeux des assistants s'arrondirent ;
on était éberlué d'une si rapide conception
et du cri de joie qui en avait révélé l'effi-
cacité certaine.

— Ah ! vraiment ?

— Oui, citoyens, ou plutôt messieurs !
Aussi vrai que Victor Hugo n'est qu'une

oie et que mon maître Ponsard fut un
cygne comparable à celui de Mantoue, on
vaincra. C'est aujourd'hui mardi, si je ne
me leurre ! Eh bien, on acclamera dimanche soir, sous ces fenêtres, celui qui vous
parle ici ; seulement, agissons...Un crayon,
s'il vous plaît, et du papier?... ah! merci !... Maintenant que l'un de vous coure
au télégraphe et lance cette dépêche : « En-
voyez-m'en une grosse » à MM. Daim et
Cie, négociants, 7, passage du Caire, à
Paris... Eh! non, non, le boulet qui doit
m'atteindre n'est pas encore fondu !... Bonsoir ; à bientôt, et dormez sur vos deux
oreilles, très chers!

On s'en alla plus gaiement qu'on n'était
venu : la croix d'honneur pleuvrait encore
sur la poitrine de plus d'un défenseur du
régime impérial ; les faveurs, les siné-
cures et l'argent récompenseraient encore
les honnêtes gens, pourvu toutefois que
« l'Honorable ne se fût point abusé. »

— Non, insinua quelqu'un de la bande,

il n'est pas si bête que ça! soyez-en
sûrs!

« Se fourrer le doigt dans l'œil, lui,
Belsuquez junior! Oh! que nenni! Sa
circonscription lui était connue; à lui
le pompon pour jouer les nicaises de
ce collège; il les savait par cœur et
sur le bout du pouce ; un peu de patience,
et l'on verra! » C'est ce qu'il se disait
in petto vingt-quatre heures après son
entrevue avec ses principaux cauda-
taires. Et muni d'une valise contenant une
caissette apportée de la capitale par l'ex-
press le matin même, au cou le collier de
commandeur, un ruban pourpre où pendait « l'étoile des braves, » il sortit en til-
bury de la ville en compagnie de son neveu, l'ingénieur des mines. Un tiède soleil printanier illuminait les plaines ver-
doyantes et c'était réellement un plaisir
qu'une telle tournée électorale au bruisse-
ment des mûriers en fleurs bordant chaque
côté de la route...

— Invert, Troupegnas, Sagor, Rûmes,
Encaillac, Corrus et Puy-du-Pont, toutes
ces communes nous sont acquises; oiseux
donc de s'en occuper!... Est-ce déjà le
clocher de l'Honor, là-bas?

— Oui, mon oncle, oui !

— Bon; nous descendrons d'abord là,
chez un particulier qui dispose de cinq à
six cents voix au moins; ensuite nous
pousserons plus loin, chez d'autres parois-
siens du même acabit.

— Très bien.

Au bout de huit à dix minutes, ils at-
teignirent la bourgade signalée, et le cheval de louage, un fin trotteur de Tarbes,
s'arrêta devant une hôtellerie où des rou-
liers et des colons buvaient en chantant la
Colonne et l'Amour.

— Honoré Glantinou ?

— Présent.

— Approche un peu que je t'embrasse,
mon féal !

Et le candidat, descendu de voiture,

étreignit ce pansu campagnard, qui
rougit et pâlit d'émotion en le reconnaissant.

— Hé quoi ! c'est vous, monsieur?

— En corps et en âme ! fiche-toi ça
dans la caboche. On vient s'enquérir de ce
que vous souhaitez, vous autres, de ces
parages, afin d'en toucher un mot à celui
qui gouverne, dès ma rentrée à Paris, si
vous me choisissez encore pour représentant, ce dont je n'ai jamais douté ; mais
entrons, on trinquera ; qu'en penses-tu ?

— Pas de refus, cela !

Les petites gens attablés se turent et
saluèrent humblement le grand personnage qui leur distribuait force poignées de
main.

— Eh, bonjour, mes agneaux, salut, mes
chéris ; il est clair que vous voterez tous en
chœur dimanche, et je n'ai pas besoin de
vous demander pour qui ?

L'hôtelier, un peu décontenancé de ce
brusque coup droit, tournait entre ses

doigts son bonnet de laine et baissait les yeux...

— Ah ! c'est que, balbutia-t-il enfin, la semaine passée, M. Juclard, le raffineur...

— ... Est venu, je le sais, et que vous promit-il ?

— Une route qui nous accommoderait bien, et ma foi !...

— Vous en aurez deux, l'une sur Montauriol et l'autre sur Castel-Turc, c'est moi qui vous en réponds ! Et ce n'est pas tout !... Tiens, toi Glantinou, descendant d'un ancien canonnier de la garde qui se couvrit de gloire à Waterloo (je pleure toujours en songeant à cette trahison de la fortune), avance et contemple moi ça sans que ton cœur batte la générale !...

Et le roué candidat étalait sous le nez du naïf et très influent électeur une tabatière, oh ! mais quelle tabatière ! Oblongue, en cuir bouilli, verni, rutilante quoique noire comme un morceau de jais, elle était

ornée sur le couvercle d'une enluminure
digne d'être décrite :

« Au milieu d'un champ farouche que
domine un énorme rocher hanté des cor-
neilles et du haut duquel l'œil plane sur
l'Océan où roulent des vagues écumantes,
un quinquagénaire assez trapu, bouffi,
gras, huileux et glabre, tenant une bêche
à la main droite, essuie de l'autre avec un
mouchoir à carreaux son masque césarien
trempé de sueur ; à ses pieds « des fers rom-
pus, des sceptres brisés » et le petit chapeau
d'Austerlitz et d'Iéna ; plus loin, derrière
une haie, trois têtes rébarbatives : un Co-
saque camus montrant des dents de carni-
vore ; un Anglais sec et louche, vêtu de
rouge, et galonné d'argent, la figure en
lame de couteau ; puis un Kaiserlik en
habit blanc et coiffé d'une espèce de kol-
bach ; au bas du peinturlurage, cette
légende en lettres d'or bruni :

Ne pouvant plus les battre, il est là qui laboure
Un sol revêche où son génie, hélas ! se meurt
Et son glaive a fourni le soc à la charrue ! »

— Ah ! que c'est joli, ça ; que c'est beau !

— N'est-ce pas, l'ami !

Tamponnant ses yeux gros de larmes, le paour bégaya :

— Lui ! peut-être ?

— Oui, parbleu, c'est LUI ! Le voilà tel qu'il était à Sainte-Hélène, et c'est dans cette boîte qu'il prisait son tabac de Portugal, le grand homme !... On t'offre ce présent de la part de Louis.

— Eh ! quel Louis ! lequel ?

— Il n'y en a qu'un seul d'auguste et c'est celui qui, portant mon prénom à moi, règne sur la France.

— On daignerait... ?

— Il daigne ! Est-ce qu'il n'a pas toujours été l'empereur des paysans, et supposerais-tu qu'il ignore ou méconnaisse ses serviteurs ? Oui, je te donne cela de sa part et tu dois savoir comment le remercier d'un tel cadeau. Je n'ai plus rien à te dire, à toi, ni même à tes pratiques. Elles me connaissent. Tandis que mon

jeune concurrent apprenait à nettoyer les
chaudières de sa raffinerie, je conspirais,
moi, pour le futur restaurateur du suffrage
universel qui vous a faits, vous autres
agriculteurs, les égaux des bourgeois et des
nobles. Attention à ce que vous accompli-
rez bientôt en face de l'urne ! On s'est présenté devant vous, Français de la Gascogne et du Languedoc, comme à son retour
de l'île d'Elbe, notre demi-Dieu, notre
héros, l'ancien, qui n'est peut-être pas
mort, se présenta là-bas en Provence aux
troupes en cocarde blanche de ce pauvre Ney... Maintenant, tirez sur moi,
si vous osez, électeurs ! En me frap-
pant, vos balles, c'est-à-dire vos bulletins de vote, frapperaient aussi l'Oncle
et le Neveu ! Commettriez-vous pareil sacrilège ?... Portez armes, en joue !
feu !

Alors l'auberge trembla sur ses assises
et cinquante bérets valsèrent en l'air à ce
cri cent fois répété :

— Vive, vive notre éternel député !
vive lui !

Pour le coup, il exultait et jubilait, Belsuquez junior !

— A dimanche, mes petiots, à dimanche ! On m'avait indignement trompé.
Vous êtes et serez toujours le soutien du
trône des Abeilles et mes fidèles mame-
luks.

— Oui, toujours, toujours, jusqu'à la
fin des fins...

— Ainsi soit-il !

Et l'orateur, embrassé, presque étouffé,
se dérobant à l'ovation, escalada son tape-
cul, rendit les rênes au ragot qui piaffait
d'impatience, et disparut, joyeux, dans un
tourbillon de poussière, avec son compagnon de route qui lui cornait sans cesse
aux oreilles :

— S'il n'y a pas plus d'anicroche ici
que là-bas, l'affaire est dans le sac !

— Et même le raffineur aussi, que je
présume !...

A Saint-Estèphe-de-Causse, on les at-
tendait avec impatience, car le tambour
de l'endroit avait, dans la matinée, annoncé leur passage. Ils y débarquèrent
tout poudreux, y furent reçus à bras ouverts par Cuquil, le charron, et sa nombreuse clientèle. Acclamé par tous, aux
premières paroles qu'il prononça, l'illustre enfant du pays se flatta, dans sa pé-
roraison, d'obtenir haut la main du ministre des travaux publics la fondation
d'un pont en pierre de taille sur le Nim-
blot, à demi-lieue du village, et, sur ces
assurances formelles, sans se gêner le
moins du monde, il servit à son hôte,
noir de limaille, ce qu'il avait déjà servi,
deux heures auparavant, à l'aubergiste de
l'Honor. Une scène non moins pathétique
eut lieu pendant laquelle le tribun, s'em-
parant d'une gerbe d'aulx pendue aux
solives du plancher, jura solennellement
d'en faire manger au souverain, à l'impé-
ratrice, à leur unique héritier, ainsi qu'à

toute la cour. Escorté jusqu'aux portes du
bourg par les rustauds en délire, il détala,
très guilleret, et le même soir, après avoir
affirmé sur l'honneur aux riverains de la
Garonne, assemblés à Salniac, que la durée
de la chasse aux alouettes, source de gain
pour les régionaux, à dater de cette année-
là, serait, par arrêté préfectoral, prolongée
tous les ans d'une quinzaine au minimum,
il lâcha deux bibelots exactement semblables à ceux qu'il avait laissés ailleurs ; enfin, au milieu de la nuit, il rentra moulu,
mais enchanté, dans son domicile, où ses
tenants, fort inquiets, lui demandèrent
très timidement si les choses avaient bien
tourné.

— Comme la terre autour du soleil et
mieux encore, répliqua-t-il ivre d'orgueil;
et vous y gagnerez tous un bout de satin à
votre boutonnière ou des quibus de bon aloi.

Les jours suivants, il courut encore la
contrée, épuisa, le samedi soir, à Brioud-
de-la-Rivière, son stock de reliques, et le

lendemain, on proclamait aux flambeaux devant sa demeure le résultat de la lutte, pendant que la musique militaire jouant tantôt : *Veillons au salut de l'Empire !* et tantôt : *Partant pour la Syrie*, ronflait dans les rues, sur les places et parmi les carrefours du chef-lieu. Neuf mille sept cent trois voix au poète et trois mille à peine au raffineur !

— Eh bien ! dit-il triomphant aux flagorneurs qui le congratulaient à l'envi : que vous en semble ? Ah ! c'est que j'ai chargé dans nos vallons comme chargea Murat, le plus intrépide des Cadurques, à Friedland et dans les neiges d'Eylau.

— Leurs Majestés et Son Altesse impériale qui vous honorent tout particulièrement de leur estime...

— Oui, parbleu !

— ... comme de leur amitié...

— Je m'en vante, ici !

— ... seront bien heureuses de ce magnifique succès.

5.

— Elles seraient trop difficiles si par cas
elles n'en étaient pas satisfaites !... Après-
demain, un télégramme vous apprendra,
Mesdames et Messieurs, la réception
qu'Elles m'auront faite aux Tuileries ; car,
aux premières lueurs de l'aube, je dé-
campe par le rapide... Eh ! que voulez-
vous, j'ai hâte de revoir mon maître, le
vôtre et la Seine aussi ; la Seine, mes
chers concitoyens, aux bords de laquelle
repose l'infatigable conquérant qui résume
en soi César, Annibal et Charlemagne,
cette glorieuse Seine qui traverse la capitale des capitales, où positivement on est
encore mieux que partout ailleurs, y compris le sein de la famille.

Au point du jour, il partit, en effet, sans
accorder, l'ingrat, une pensée aux crédules
ruraux qu'il avait amorcés ou ramenés à
lui ; peut-être même n'eût-il songé à eux
que dans six ans, au renouvellement de
son mandat, mais ils se rappelèrent à son
souvenir par lettre, un soir où justement,

il soldait certaine facture à MM. Daim et
Cie, du passage du Caire... Ah ! c'est qu'a-
près son départ précipité de Montauriol,
on avait beaucoup glosé sur les douze ta-
batières historiques qu'il avait semées dans
les champs de la Garonne, et l'on s'était
même, à ce propos, assez fortement bourré ;
maintenant, les divers donataires som-
maient le donateur de déclarer par écrit
quelle était celle qu'on devait considérer
comme authentique ?

Il répondit très succinctement et fort
ingénument :

« *Toutes sont la bonne !* Il y en avait
trois cent soixante-cinq à Sainte-Hélène,
absolument jumelles, façonnées sur un
patron appartenant au roi de Westphalie
et déposé, depuis la mort du maréchal
prince Jérôme, au musée du Louvre. Or,
le martyr des Anglais se servit successivement de chacune d'elles et, par conséquent, toutes, sans exception, ont une
égale valeur et méritent le même respect.

Au surplus, de très amples explications seront fournies plus tard à qui de droit sur ce sujet. »

Hélas ! il fallut se contenter de ce simple renseignement-là. Le plébiscite, la guerre empêchèrent le mandataire de revenir dans le sud-ouest auprès de ses mandants, et tel fut son chagrin après nos désastres, que ce versificateur étrange, doublé d'un effronté comédien, et triplé d'un patriote sincère, s'alita pour ne se relever jamais. « Un Napoléon avait capitulé ! L'Aigle s'était rendu ! » Toutes les convictions de Belsuquez junior étaient ébranlées ; il mourut sceptique en se moquant de tout et de lui-même. Avant d'expirer, il avait rimé son épitaphe; la voici telle quelle :

Ex-Bonapartiste, ex-chrétien,
Ci-gît un homme de rien !

Un de ses héritiers, respectueux de sa mémoire, a, sur le marbre monumental

qui couvre ses restes au cimetière de l'Est,
modifié du tout au tout le sens du distique
en y changeant au dernier mot l'*r* en *b*.
Bien agréable lui soit la correction, et
qu'au haut du ciel, sa demeure dernière,
il soit content... avec son colonel, le petit
caporal !

Décembre 1881

Nicole

— 1869 —

NICOLE

ÆGROTANT, à demi couché sur l'une de
ces piles de gravier qui jalonnent les
routes de France, au nord ainsi qu'au
midi, le vieux garde champêtre de Castel-
more, réchappé par miracle à la fièvre
typhoïde désolant la région, épelait une
lettre assez difficile à déchiffrer, remise
devant lui, depuis cinq à six minutes, à la
superbe faucheuse, par le facteur rural de
Bourg-Sarrasin. Immobile et ferme comme
une cariatide, cette belle statue de chair
bise écoutait, appuyée sur sa faulx, au
bord du fossé qui sépare les champs du
chemin vicinal, la laborieuse lecture de

cet écrit, et parfois sa respiration, lente ou précipitée, soulevait sa chemise de toile écrue plaquée sur deux seins de marbre aux tons de bronze et d'airain. Non loin d'elle, en arrière, au milieu du pré traversé par un ruisseau profond et rapide, ourlé de sentiers, une dizaine d'élégants chasseurs, assis, la carabine entre les jambes, à côté de leurs braques pantelants, sur l'herbe drue et sous la vaste ombelle d'un tilleul argenté, causaient, tantôt regardant les cheveux flambants du soleil ou les bras grillés des saules riverains, réfléchis par le miroir de l'onde, et tantôt la magnifique fille en les veines de qui coulait certainement le sang oriental des Arabes d'Espagne, autrefois campés en ces terres où tout, même l'accent guttural de la langue romane qu'on y parle, rappelle ces conquérants qui furent les dépositaires de l'industrie et des arts.

— Oui, certes, avec un costume *ad hoc*, elle jouerait à merveille les sultanes ou les favorites; sapristi! quelle majesté! des hanches, une gorge à réjouir le Prophète lui-même ; et, cette voix musicale, écoutez-la, chut!...

— « Répétez-moi ça, père Jourlejour, répétez-moi ça, s'il vous plaît ?

— « Tant que tu voudras, ma poulette ; à ton service, et conçois bien :

« ... *Nous sommes en un sacré pays où l'on ne voit que de l'eau, des sables et des moricauds nus comme des vers, dont les femelles, aussi laides que les sept Péchés Capitaux, ont des espèces de poires tapées qui leur pendent sur l'estomac et qu'elles se lancent sur l'épaule quand leurs poupards, installés là-dessus, ont envie de téter un brin. Oui, va, Nicole, on pense à toi, rien qu'à toi, dans ce fichu Sénégal: le diable l'emporte ! Un jour, espérons-le, je reviendrai dans notre Gascogne, et lors, tu ne te repentiras mie de ta fiance en ton Gervais. En at-*

*tendant des temps meilleurs, soigne bien
le gage secret de nos amours, sorti
de toi par ma faute, ma très grande
faute, avant que M. le maire et M. le
curé m'eussent permis de l'y mettre, ainsi
qu'en toute justi*, ti, ti, *ce*, cela se doit
entre é...é...é...poux...

— « Arrêtez-vous là ! Quel malheur que
je n'aie jamais pratiqué l'alphabet ; ancien,
vous bégayez, ce me semble, n'allez pas
plus loin.

— « N'aie pas peur, jouvencelle ; il me
serait impossible de pousser au delà ; le
reste a besoin d'être étudié. Minute ! on y
sera bientôt...

— Tiens, tiens, elle avait déjà pondu,
cette Vénus rustique ! En effet, elle a plutôt l'air de la mère Gigogne que de la
pucelle d'Orléans.

— Sans doute, elle a *fauté ;* mais, en
cette circonstance, son mérite fut très
grand. Oh ! messieurs, si nous avions des
femmes de cette trempe-là, nous autres, il est

probable que nous oserions accomplir plus
souvent nos devoirs conjugaux. Avec celles
dont nous sommes nantis, on craint toujours après coup une péritonite, une mé-
trite, une inflammation quelconque, ou
bien elles n'ont pas assez de lait, et quand
elles en ont suffisamment, adieu ! leurs
mamelles se gonflent, se gerçent, crèvent,
et l'érysipèle arrive ; ici, rien de tout cela,
jugez-en, *ab una disce omnes*, ainsi que
nous disait à tout propos, et même hors de
propos, Ildefonse Aberlif, feu notre profes-
seur de rhétorique au collège d'Auch ;
mais approchez-vous de moi ; si vous en
étiez trop éloignés, il me faudrait forcer la
note, et là-bas, très chers, cette demoiselle
damée entendrait une musique qui provo-
querait peut-être sa sensibilité, ce qui me
paraît absolument inutile...

On rétrécit le cercle, et, dès qu'il se fut
reformé, le causeur, ayant offert des ciga-
res à la ronde, en alluma lui-même un et
poursuivit ainsi :

— Voici tantôt un an qu'après avoir
passé ma thèse de docteur en médecine,
je quittai Paris et vins m'installer à Xi-
gluc, chez M. Balthazar Ry, lequel me
réservait depuis assez longtemps déjà son
aînée, ma cousine germaine Alice, qui
m'est aussi chère aujourd'hui qu'elle me
l'était avant notre mariage, auquel vous
avez tous assisté. Le lendemain de mon
débarquement, entre une et deux heures
du matin, on sonna vigoureusement à la
porte de l'établissement de bienfaisance ou
j'étais domicilié. Mon oncle, économe de
l'hospice, qu'on avait requis dans la nuit
pour mater un aliéné qui cassait tout dans
sa loge et menaçait de s'y rompre le crâne
contre les murs, s'empressa de courir au
portail et l'ouvrit. Un nouveau-né vagis-
sait en ses langes grossiers sur le seuil de
la maison et, dans l'ombre, à quelques pas
de là sanglotait une contadine qui s'enfuit
aussitôt que les battants eurent tourné sur
leurs gonds. Secondé par plusieurs gar-

diens, mon futur beau-père la poursuivit.
Atteinte au fond d'un cul-de-sac, elle essaya de s'arracher des mains des traqueurs,
et, dam! elle en avait terrassé deux sur le
caillou, quand mon proche intervint. Un
peu rassurée à l'aspect de ce bonhomme,
elle cessa toute résistance et le suivit très
docilement à l'hôpital. Là, seule avec lui
dans le cabinet de l'économat, elle se jeta,
tout éplorée, à ses genoux et le supplia de
ne point la perdre, en ces termes : « Hier,
oui, monsieur, hier, à la brune, après
avoir moissonné toute la journée, les dou-
leurs me prirent au moment de rentrer
sous le toit où j'habite avec ma tante
Ursule, mon unique parente. A peu près
aveugle, elle était aussi presque sourde, et
moi, pour l'aveugler et l'assourdir entière-
ment, je me dépêchai de lui offrir un bol de
tisane faite avec des herbes que le mage
m'avait procurées afin de l'endormir une
fois couchée, au cas où elle n'aurait pas
sommeil. La brave ancienne, ayant avalé

cette potion, s'assoupit et ronfla. Vite, alors, moi, je descendis aux étables, et c'est là que j'accouchai sans le secours de personne, entre les ouailles et les porcs. Sitôt délivrée de ce joli Jésus que j'ai porté pendant neuf mois sans que nul s'en doutât, tant je me serrais les flancs, je chaussai mes escarpins et puis, ayant mis au cou de mon *angel* une sainte médaille en cuivre doré trouée à maints endroits afin de le reconnaître plus tard, au retour de mon galant parti pour l'armée, je l'enveloppai dans un morceau de futaine et filai vers ici. Cinq à six lieues de pays, en cette occasion-là, me fatiguèrent beaucoup ; pourtant je suis arrivée à bon port où vous m'avez surprise, en train d'y déposer mon trésor. Il n'y a plus aujourd'hui de tour en aucun lieu, je le sais bien ; néanmoins je me figurais que vous receviez et garderiez céans mon tout petit. Où le cacher si vous me le rendez, et comment le nourrir et me nourrir moi-même ? Ah ! vrai, monsieur, c'est

une chose abominable!... On ne m'emploiera plus nulle part en nos contrées si
l'on apprend que j'ai commis une faute et
la plus grosse de toutes pour une pauvre
jeunesse de mon rang et de mon âge, à ce
que prétendent tous les gens riches et bien
informés de la ville. » En prononçant
cette prière, elle était si pathétique qu'attendri jusqu'aux larmes, mon excellent
collatéral, admirateur passionné, d'ailleurs, du grand Corneille, du doux Racine
et de tous les autres classiques encore fort
goûtés en son temps, se crut en présence
de la tendre Chimène ou de la triste An-
dromaque, et, s'étant pris à larmoyer avec
elle, la releva tout de go, puis l'embrassa
sur les deux joues en lui promettant de
veiller toujours de son mieux

Au fruit infortuné d'une coupable flamme

qui se tordait tout gémissant en ses haillons...

6

Ici, l'agréable conteur, essoufflé, reprit haleine, et l'on perçut tout à côté de lui la voix hésitante et chevrotante du garde champêtre qui s'évertuait à syllabiser clairement :

« ... *Tu seras toujours la mienne, et moi serai toujours aussi le tien, même mort. A Dieu ne plaise, pourtant, que mes os soient enterrés en ces lointains rivages, où, je ne le croirais pas, si je ne l'avais vu, les « croquodilles » et les « ipipotames » paissent comme chez nous les chèvres et les moutons. Un peu de patience ! Attends-moi sans souci. Je suppose que je ne me fondrai pas tout à fait en eau par ici, ni que, grâce à la Trinité, je ne serai pas attaqué de ce « vomitonegrau »...*

» — Quelle race d'animal est-ce ça, dites ?

« — Enseigne-le-moi.

« — Si vous ne le savez pas, vous si

sapient, comment moi qui n'ai rien appris,
le saurai-je ?

« — Ah ! j'y suis ! C'est une espèce d'as-
pic bleu comme un barbeau...!

« ... *De ce « vomitonegrau » qui vous*
tortille les flancs sans quartier et vous
oblige à rendre l'âme au sempiternel no-
tre Créateur, un peu plus tôt qu'on ne le
souhaiterait...

« — Ensuite, ensuite ?

« — Il y a là des taches d'encre tellement épaisses que je m'y perds ! Assiste-
moi donc un peu, toi, la belle !

— Oui, m'y voilà !...

Se penchant jusqu'au papier aux mar-
ges violemment enluminées, elle se creva
les yeux à débrouiller les caractères cur-
sifs emmêlés ou maculés, et, tandis que cette
naïve et robuste campagnarde illettrée, en
vain s'escrimait de la sorte à quatre ou cinq
toises des érudits et grêles citadins se riant
de sa gaucherie, étendus sur le gazon

roussi de l'une des berges du gave et sous la persistante verdure des branches ambiantes, l'autre qui s'était tu, leur copain, ajouta :

— ... Quelque peu consolée, elle bénit *il bambino* qui, la veille encore, végétait en ses entrailles, salua son inespéré protecteur qui déclamait toujours des vers de tragédie et s'en retourna non loin d'ici, là d'où elle était venue. Afin que ses compagnes du hameau ne soupçonnassent rien, il importait qu'elle fût avec elles à l'aube, en train de moissonner, et, pour cela, certes, il ne s'agissait pas de muser en se lamentant. Tous les rossignols d'alentour avaient beau gazouiller sur les ramures des chênes ou des ormes et les rosées nocturnes s'épanouir sur les haies d'aubépines en fleurs dont les parfums embaumaient l'air, elle marchait au pas accéléré. Près de déboucher en son vallon natal, elle se ralentit un brin et tourna souvent la tête en arrière. Une ou deux fois, ayant remar-

qué qu'elle laissait des traces de son passage, elle replia sous elle ses jupons de
laine, et rétrogradant, effaça les gouttes
de sang jaillies de ses viscères et chues
dans la poussière. Enfin absolument per-
suadée que personne n'avait pu la suivre
à la piste, en quoi, très chers, elle se
leurrait, puisqu'il m'est permis de vous
instruire de toutes ses aventures en cette
occurrence, elle se glissa sous son chaume
où l'aïeule dormait encore et puis, ayant
rafraîchi ses tempes brûlantes et bu deux
doigts de blanquette, elle fourra du pain,
un oignon et du sel en son havre-sac et
se rendit au bord du ru même où nous
sommes, et là, du matin au soir, les épis
de blé tombèrent sous le fer de ses faucilles. A la fin de cette rude journée, au
moment où chacun regagnait le gîte, une
de ses camarades s'étant avisée de sa pâ-
leur et puis écriée : « Oh ! qu'as-tu donc
pour blêmir tellement quellement? », elle
répliqua, sans se décontenancer, que les

6.

rats trottant dans sa maisonnette l'avaient empêchée de fermer l'œil toute la nuit; ensuite, entonnant à pleine voix une romance alors en vogue dans le pays, elle disparut en bondissant, au long des ravins... Et voilà! C'est, si je ne m'abuse, une noble gaillarde digne de tous nos respects, messieurs. Ha! si les poupées que nous épousons, nous autres, muscadins, étaient trempées ainsi, quels grenadiers elles donneraient à la patrie!... Admirez-moi ce torse, cette carrure et ce front touffu comme une forêt!

Ils se levèrent tous et contemplèrent un instant la virile héroïne de cette histoire, qui savourait les dernières paroles manuscrites, enfin déchiffrées, de son chaud correspondant:

« ... *Au moins, tâche d'épargner quelques sous; en les joignant aux sept à huit pistoles que je te rapporterai d'ici, nous monterions là-bas notre ménage et le roi ne serait pas notre cousin. On dirait que*

nous ne nous mouchons pas du coude. En
cet espoir qui me soutient, agrée, ô ma
maîtresse chérie, les accolades du spahi,
ton sensible amant qui se déclare pour la
vie ton fidèle serviteur et le fier papa de ton
poussin, qui, grâce à nous deux, coq et
poule, sera gros et gras un jour et tiendra
haut la crête. Au revoir, ma Nicole, au
revoir, et pense toujours à lui comme il
pense sans cesse à toi, ton Gervais. Sa-
lut. »

Très joyeuse, elle baisa la lettre entiè-
rement lue par son vénérable et débile
confident, et dès qu'avec une poignée de
mousse sèche, elle eut épongé sa poitrine
ruisselante de sueur, elle l'y plaça pieuse-
ment ; ensuite, ayant franchi sur un tronc
d'arbre vermoulu le torrent qui divisait la
prairie, elle se remit ardemment au travail. En décampant, escortés de leurs
chiens, les chasseurs l'aperçurent au milieu des foins qui se profilait sous le ciel,
armée de sa faux étincelante, en l'une de

ces attitudes simples et grandioses que Jean-François Millet, ce poète des terriens et cet observateur irréprochable de la nature, attribue à ses immortels paysans de tous les âges, et cependant nos contemporains aussi.

Juillet 1882

Dom Peyrè

— 1869 —

Dom Peÿrè

A peine eut-elle débouché des gorges de Saint-Yrieix sur le plateau marneux qui les surplombe et d'où l'on découvre à travers l'immense plaine s'étendant du dernier chaînon des Cévennes aux assises des Pyrénées, ces montagnes dont la beauté grandiose arracha jadis des cris d'enthousiasme au peu sensible Béarnais, déjà roi de Navarre et faillit le rendre aussi troubadour que bien avant lui l'avait été Richard Cœur-de-Lion, alors simple duc du Pays des Eaux où l'on trouve encore quelques vestiges des monuments érigés en l'honneur de ce descendant de Geoffroy, comte-d'Anjou, lequel seigneur, aucun historien n'a su pourquoi ni comment, ornait en temps de paix sa toque, en temps de guerre son haubert d'une branche de genêt, habitude qui lui valut le surnom de Plantagenet, porté plus tard par toute la famille française à laquelle le trône anglo-saxon, après la mort d'Etienne de Blois, le dernier héritier de Guillaume de Normandie, avait été dévolu, ma monture, prit peur et manqua de me désarçonner ; étonné de cet écart très extraordinaire de la part de cet imperturbable bardeau d'Auvergne qui sans jamais s'effarer ni butter jusque-là, m'avait promené partout en Quercy, je lui caressai l'encolure et le flattai, tandis que devant moi frissonnait l'ombre de ses longues oreilles...

— Hé bien! qu'est-ce ?

Il s'ébroua, puis détournant un peu le chanfrein, il recula lentement !

— Trembler ainsi, qu'as-tu donc ?

Une voix des plus vibrantes répondit à

— Quoi, ça?

— Là-haut, sur ces mamelons, un homme est attaché comme un chien, au pied d'un arbre.

— Ah ! Oui !

— Le connaîtriez-vous, par hasard?

— Il est connu de tous, ici, sauf toi, Parisien ; un intrépide, cet aveugle !

— Aveugle ?

— Et depuis Waterloo ; là, le vent d'un boulet lui brûla la vue.

— Il a servi ?

— D'abord volontaire de la République, ensuite grognard de l'Empire ; enfin, invalide et retraité.

— Puisqu'il n'y voit plus, je comprends à présent qu'on le lie, et comment s'appelle-t-il, ce pauvre vaillant-là?

— Dom Peÿrè.

— Hein ?

— Ainsi.

— Mais c'est le nom de quelque noble Espagnol ?

— Le sien également à ce vilain ; on prétend que ses ascendants étaient Portugais ; en tout cas, il se rappelle, lui, maintenant âgé de 89 ans, son bisaïeul qui mourut centenaire, sur cette colline où d'ailleurs il était né ; cela prouve que s'il est originaire de là-bas, ses pères ont, voici longtemps, planté leur tente chez nous, au Pays des Chênes.

— Il m'a beaucoup frappé, ce débris des grandes légions.

— Si tu tiens à causer avec lui, nous irons le visiter un de ces matins sur son coteau ; je t'assure que s'il n'a plus d'yeux, il n'est pas muet, tu l'ouïras.

— Et quand ?

— Demain, si tu veux.

— Oui, certes...

A midi, le lendemain, nous entrâmes ensemble, après avoir traversé non sans peine une large basse-cour obstruée d'outils aratoires et de piles de fumier où des glousses et leurs poussins s'escrimaient à l'envi du bec et des pattes, sous le hangar d'une métairie érigée sur un puy, qui pointait comme un éperon entre deux ombreuses combes égayées par le double gazouillis des sources et des oiseaux. Seul en un chambrillon dont la fenêtre s'ouvrait sur ces creux, semblables à des coupes jumelles emplies de verdure et d'eau, le vieux guerrier, assis sur un escabeau, cajolait de sa main gauche un matou ronronnant tout assoupi sur ses genoux et de l'autre une barbette de son long étendue par terre, qui lui mordillait le bout de ses sabots aussi frustes que ceux dont se contentaient fort bien les preux du bataillon de la Moselle.

— Holà! questionna-t-il en percevant le grincement de nos bottes ferrées sur le carreau, qui vive?

— Amis!

— Soyez le bien venu, farinier de La Lande et seyez-vous là.

— Merci, vétéran! merci; répliqua Montauban Tu-Ne-Le-Sauras-Pas, que son organe amer et rude entre tous avait aussitôt trahi ; vous plairait-il aussi d'offrir un siège à celui qui m'escorte, une recrue, un conscrit ?

— Oui, mordié !

— Ce blanc-bec est mon fils, il habite la capitale et ne rôde pas souvent en nos contrées.

— On m'avait touché deux mots de lui ; d'après ce qu'on trompette, il paraît que c'est un savant ?

— En effet, il a beaucoup étudié.

— Tant mieux !

— Après s'être souvent taché d'encre le bec et les ongles, il joue assez bien de la plume à présent.

— Ici bas, à chacun son outil ; le mien fut d'abord l'araire, ensuite le mousquet, et maintenant l'aiguille ; oui, je tricote, lorsque je m'ennuie, et plus d'une ménagère envie mon aisance et ma célérité. Mieux vaudrait s'occuper ainsi que lui, votre

petiot; est-ce qu'il a lu les bulletins de
guerre?

— Oui, pardi! surtout les belles histoires
que vos compagnons et vous-même écri-
vîtes sur le marbre et l'airain des monuments de France avec la pointe de vos
baïonnettes et, ma foi, ce curieux a désiré
vous serrer la main et vous entretenir un
tantet de tout cela.

— Bon; il m'agréera d'en causer aujour-
d'hui d'autant plus que le ciel est tout joie
et tout feu.

— Quoi! remarquai-je fort surpris de
ce que ce nonagénaire se fût exprimé de
la sorte, vos yeux vous assistent encore
quelque peu?

— Non, du tout!

— Alors comment devinez-vous que le
temps est sombre ou gris?

— Hé! c'est fort simple, ça! Quand le
soleil rayonne il m'éjouit, et si je ne le vois
pas, je le sens; en ce cas il me semble que
des papillons luisants s'enfournent sous

mes paupières ainsi qu'autrefois les éclairs
de la bataille; allons, à vos ordres ; interro-
gez-moi, je vous répondrai de mon mieux
avec plaisir...

Et, souriant, il prêta l'oreille en bou-
tonnant son gilet de cadis bleu comme
l'habit « par la victoire usé » dont il avait
montré durant vingt ans à l'ennemi le
plastron et non pas les basques.

— On vous écoute, ancien; à vous la
parole !

— Non, non, attaquez-moi là-dessus et
je vous riposterai coup sur coup !

— Hé bien! racontez-nous, s'il vous
plaît, vos campagnes, en Italie.

— Oui, mais laquelle? Il y en eut plusieurs et je les ai faites toutes ; on a guer-
royé ferme sur les rives du Pô, de l'Adige,
du Mincio ; les Vestes-Blanches s'en sou-
viennent.

— Étiez-vous par hasard à Vérone, à
Mantoue ?

Il se leva, portant sa droite à la hauteur

des sourcils et, sitôt après ce salut militaire, il répliqua :

— Vérone et Mantoue ? oui ; présent !...

Et quoique abolies, ses prunelles aussi
limpides que les flots des fleuves latins
qu'il avait cités sans être encore trop ému,
lancèrent des éclairs et sa chevelure rèche
et neigeuse encadrant sa figure énergique
qui m'avait d'abord semblé si paterne, se
hérissa subito sur son crâne balafré comme
une crinière de cheval au cimier d'un
casque.

— Attention ! ne vous emportez pas
ainsi, ça vous fiche sens dessus dessous,
et nous sommes terrorisés...

Soudain, mon père cessa de railler et se
tut. Électrisé, dom Peÿrè avait tiré d'un
bahut un antique bicorne et dans un coin
de la chambre, s'était emparé d'un fusil
rouillé qu'il brandissait au-dessus de son
front étoilé de cicatrices. Splendide et fou-
droyante métamorphose ! On eût juré qu'il
y voyait, l'aveugle ! et nous avions de-

7.

vant nous un de ces alertes et robustes
champions de l'an II qui sauvèrent à la
fois la Patrie et la Liberté. Croisant son
mousquet à l'instar de la pique révolutionnaire qu'il avait évidemment maniée à
Fleurus, à Valmy, partout où pendant
cette période héroïque on s'était promis de
vaincre ou de mourir, il nous chargeait,
terrible, et la flamme rouge des grenadiers
de la République Une et Indivisible on-
dulait, en sifflant, toute braisillante, autour de ses tempes flétries et quasiment
auréolées.

— Au delà des Alpes, s'écria-t-il,
transfiguré, comme s'il eût psalmodié
quelque hymne martial, il ne s'agissait
plus, ainsi que dans les forêts de l'Argonne,
de forcer l'Étranger à respecter les volontés de la France, mais de donner des
sœurs à notre Marianne, et nous y tra-
vaillâmes de notre mieux. On n'oubliera
jamais sur cette boule, ni même au-dessous
d'elle, ces jours de gloire. Arrivés sans

souliers et sans pain en Piémont, tels et tels
de mes coreligionnaires à présent étendus
sous terre et moi debout encore au-dessus,
ici, nous usâmes là-bas, sinon la semelle
de nos brodequins, du moins la peau de
nos orteils, et si l'on n'avait pas la moindre croûte à mordre, on mangeait, à défaut
d'autre pitance, des feuilles et de l'herbe
à la guise du bétail. Et quand les clai-
rons, les tambours et les fifres sonnaient
la générale, on eût cru, tant notre sang
roulait du feu, que nous avions bien
ripaillé, nous autres, à jeun le plus souvent; et nous enfoncions tout, tout! A
Montenotte, un bataillon de va-nu-pieds,
oui, c'était le mien, escalada, comme un
troupeau de biques, une kyrielle de ro-
ches à pic, et Beaulieu, de même que Colli,
dansèrent en mesure la gavotte et le rigo-
don. Huit semaines plus tard, en mai, six
mille affamés d'entre nous, après avoir
passé sur le ventre aux seize mille repus
qui nous barraient le chemin, enveloppè-

rent Mantoue. Et là, ça chauffa. Quelles
algarades, ô mes amis! Un soir d'été,
comme nous nous crevions à trouer les
remparts de cette fière cité qui, selon les
verbes des esprités de notre brigade, datait
de quinze cents ans avant la naissance du
tendre agneau de Bethléem, un major
nous commanda de décamper et, sans bar-
guigner tant soit peu, nous trottâmes jusqu'à Castiglione où Wurmser et ses cinquante mille casseurs d'assiettes furent si
bien mis en morceaux qu'ils s'éparpillè-
rent aux quatre vents du ciel et si leste-
ment que nous en perdîmes la trace. A
Passano nous les rejoignîmes, et, crac! ils
détalèrent tels que des lièvres. On les cherchait encore sur les bords du Mincio qu'ils
s'étaient enfilés déjà dans la vieille ville
dont nous avions levé le siège. Aussitôt le
blocus recommence et la misère aussi
pour nous, au bas de ces murailles où
nous pâtimes encore de faim et surtout
de froid, car si nous attendions toujours des

escarpins et du blé, l'hiver était venu, lui !
Là, c'est là que par une belle nuit où l'air
piquait dru, nous vîmes trente-six chandelles en l'ombre et reconnûmes la puis-
sance de la musique sur les gens du Nord.
On nous avait envoyé querre des munitions aux abords de Vérone, nous autres
du Midi. Notre guide nous mena si bien
que nous tombâmes nous et lui dans une
embuscade. Ils étaient trois mille au moins
ces Croates, ces Tchèques, ces Hongrois,
et notre bande comptait à peine cinq cents
Gascons et Basques, sans aucune artillerie. Ah ! nous étions bien logés au milieu
de ce défilé, cernés de toutes parts. « En
avant ! » On s'élança, mais une grêle de
balles nous refoula tous pêle-mêle au fond
de cette souricière, et des hauteurs qui la
couronnent une nuée de Tyroliens nous
canardèrent à plaisir. Enfin, des bombardes nous prirent en tête, en queue, et bonsoir ! Adieu, pays, adieu, soleil ; adieu les
droits de l'homme et du citoyen ! Nous

nous renversions sous la mitraille ainsi
que des capucins de cartes et la moitié
des nôtres avaient péri, lorsqu'un gros
pendard tout chamarré d'or et planté sur
une cavale noire dont les naseaux ardaient
comme des braises, apparut à la crête
d'un talus et nous cria : « Rendez-vous ! »
« Oui, lui ripostâmes-nous en chœur, si
les tiens et toi, vous acclamez la Révolution! » Une salve retentit et toute une
nouvelle file de blessés et de morts s'abattit autour de nous, réduits à deux cents
vivants, encore intacts. « En route pour
l'éternité! grasseya, tout en rengaînant
son sabre, un sergent très gouailleur et
natif de Paris; en haut, on aura du rôti ;
l'Être suprême nous régalera! » Chacun
de nous afin de bien finir déchirait en
riant sa dernière cartouche. « A quoi bon
employer ces berlingots pour rien ? intervint alors un Provençal, le mieux est de
leur flanquer une bonne fois la *Marseillaise* au museau. » Sitôt dit, sitôt fait! Tous,

en tas, rouges de sang et noirs de poudre,
nous grimpâmes en chantant vers l'ennemi, qui ne tirait plus. Environ à vingt
pas de lui, nous aperçûmes une triple rangée de carabines en joue et des canonniers
balançant des mèches allumées au-dessus
de la lumière des pièces. « *Allons, enfants de la Patrie!...* » Et mille échos ré-
pétaient notre grande chanson qui montait en grondant comme le tonnerre jusqu'aux nues ; on eût vraiment juré qu'une
armée innombrable la disait aussi dans les
cieux et qu'elle en descendait toute flam-
bante. Alors, sur terre, il se passa ceci :
l'étranger abaissa ses armes, aucun fusil,
aucun canon ne partit et nous traversâ-
mes sans encombre cette masse d'Allemands qui nous ayant décimés, au lieu
de nous achever sur place, saluèrent notre
drapeau tricolore. Ils avaient senti, ces
sujets des empereurs et des rois, que nous
étions les fils libres d'une nation jalouse
de briser les chaînes des peuples esclaves,

et leurs cœurs battaient à l'unisson des nôtres en cette sainte minute-là. Dès lors ils nous résistèrent très mal. Alvinzi, Quasdanowich, Davidowich, Provera, plièrent sous nos coups, à Caldiero, sur l'Alphon, au pont d'Arcole, à la Favorite, et partout ailleurs ; et la victoire, ses ailes éployées et sa trompette à la bouche, volait sur nos fronts. En quelques jours cinquante mille Français, amants de la liberté, triomphèrent de plus de deux cents mille Autrichiens, valets de despotes. Seule, Mantoue tenait encore, oui, mais après Rivoli, notre général, Sérurier le bien nommé, nous en apporta les clefs, en ouvrit les portes et nous y entrâmes avec lui, voilà !...

Dom Peÿrè s'interrompit extatique comme un visionnaire et frémissant tel qu'un inspiré. Contemplait-il le passé ? Pénétrait-il l'avenir ? En lui, je ne reconnaissais plus ce vieil et débonnaire enfant du Quercy, naguère tournant en laisse autour d'un tronc d'arbre. Au moment où non moins émus l'un que l'autre, mon père et moi, nous le quittâmes, ses bras gercés et couturés dessinèrent en l'air le « geste auguste des semeurs, » et telles furent ses dernières paroles, sensées assurément et peut-être prophétiques :

— Ainsi nous déracinâmes des Royaumes et plantâmes des Républiques! Si ceux qui viennent ont la foi de ceux qui s'en sont allés ou s'en vont, ils en feront tout autant, eux aussi. Berceau des affranchisseurs, elle doit être la fosse des tyrans, la France ; et c'est écrit, tôt ou tard, elle le sera !

Février 1884.

...Lous Esclots...

— 1870 —

...Lous Esclots...

à

Mademoiselle Elisa Olin

la meilleure de mes compatriotes

et

ma très chère amie

*Ces lignes écrites auprès d'elle en Belgique ; cette
page où circule peut-être une bouffée d'air de
notre beau ciel du Midi.*

L. Cl.

Huit à dix jours avant l'investissement
de la capitale, en l'année terrible, un
matin d'automne où le soleil égayait les
frondaisons cuivrées des forêts d'alentour, je
dis tristement au revoir aux deux saules

plantés sur la route d'Enghien à Montmo-
rency, sans me douter que, grâce à la stu-
pidité d'un conseil municipal où dominaient
les partisans du Trône et de l'Autel, la
campagne serait bientôt dépouillée de ces
arbres vénérables entre les troncs évidés
desquels, à l'instar de l'hôte incommode
de madame d'Épinay, ce douloureux philosophe à qui, juste retour des choses d'ici-
bas! si jadis il fut persécuté, l'on dresse
des statues aujourd'hui. moi, songe-creux,
j'étais venu souvent m'asséoir, pour y rêver
librement aux va-nu-pieds de partout ou
bien à mes sauvages du Quercy, qui me
hanteront jusqu'au tombeau ; puis, entouré
des trois chiens de berger que je possédais
en ce temps-là : Râtàs, Finette et Pouny,
je quittai la paisible vallée au sein de laquelle, en mémoire de mon si regretté maître Charles Baudelaire, j'avais écrit diverses
pages, jugées assez dignes de lui, notam-
ment ce *Dux* qui devait me valoir, quelque
dix ans plus tard, les injures d'un crétin

ou d'un fou. Le véhicule quasi-démantibulé charriant mes quatre chaises et mon grabat, et mes malles emplies de papier noirci, qu'en dépit de leur mince valeur les pillards des bords de la Sprée se fussent peut-être appropriés sans vergogne et tout comme si ces pauvres meubles eussent été de riches pendules, cette espèce de tombereau geignait sur ses essieux, et le bidet qui le traînait, entre ses brancards. Au delà de Saint-Denis, dont nous avions traversé cahin-caha les quartiers populeux, il n'était question que des uhlans éclairant la marche des bandes innombrables de von Moltke, et plus loin, aux portes de la grand'ville, un flot de Briards et de Champenois, avec leurs charrettes à bœufs et leurs chevaux de labour, roulait tumultueusement et désespérément. Interpellé, voire arrêté par ces rustiques, absolument effarés à l'approche de l'invasion, il me fallut stationner à cinq ou six cents mètres de l'octroi plusieurs heures durant, et, quand mon tour fut venu de franchir l'enceinte des remparts, je cheminai tristement au milieu d'un énorme tourbillon de poussière soulevée par des caravanes de terriens, poussant devant soi des troupeaux mugissants et bêlants, et ressemblant, ces modernes, aux pasteurs des peuplades bibliques accomplissant quelque exode. Enfin, après avoir arpenté force voies obscures sur le pavé de qui cahotait ma carriole, et passé la Seine sur je ne sais plus quel pont, en vérité, celui des Saints-Pères ou le Royal, ou le Neuf, j'arrivai, toujours suivi de mon trio de canins trottant sur mes talons depuis notre départ, à cette vieille bâtisse de la rue de Tournon, où, quelques mois plus tard, sous l'avalanche de fer que les krupps en batterie sur les hauteurs de Meudon nous adressaient jour et nuit, je devais voir emporter, par quelque éclat d'obus, une jambe qu'on retrouva rongée par des chats faméliques, à certain poétillon natif du Canada, qui mourut de cette

violente ablation en rimant en son délire,
et dans un français des plus surannés, une
ode en l'honneur de ses amours enfantines
avec une Peau-Rouge des environs de Qué-
bec. A peine débarqué, je dormis d'un sommeil de plomb et rêvai de mon pays natal
jusqu'au point du jour. Éveillé, j'y songeais
encore ; aussi me figurai-je que mon rêve
durait toujours en entendant tout-à-coup
ceci :

Cinq sos cousteroun
Lous esclots !...

Oui, ce cantique allègre et mordant que
tout fils du Languedoc ou de la Gascogne
balbutie en ses langes de bambin, et dont
aucun palimpseste ni nul archéologue n'a
sume révéler l'origine, perdue dans la nuit
des temps, ce chant-là, mes oreilles le perçurent comme, environné de mes bêtes,
aussi fâchées que moi d'avoir été chassées
de leur niche de verdure, je déjeunais au
cinquième étage, sous le toit de l'archaï-

8

que maison où, depuis la veille, j'étais
domicilié. « Quoi, m'écriai-je, éberlué
d'ouïr cette sorte d'hymne patriotique,
encore plus populaire dans le Sud-Ouest que
la *Marseillaise* ailleurs, à Paris cela ? Non,
non ! je me trompe ! » Une minute après,
il ne fut plus permis d'en douter tant soit
peu, car, sous mes fenêtres grand-ouvertes,
un millier de bouches méridionales scan-
daient, en l'accentuant formidablement,
chaque vers de ces antiques strophes ro-
manes, au balancement desquelles, enfanteau, j'avais été bercé :

> *Cinq sos de bato*
> *Cinq sous de bride*
> *Cinq sos de ferro*
> *Cinq sous de clous*
> *Pes esclots*
> *Pour les sabots.*

Et puis l'éternel refrain :

> *Cinq sos cousteroun*
> *Cinq sous coûtèrent*
> *Lous esclots*
> *Les sabots*

Quand éroun
Lorsqu'ils étaient
      Nous !
      Neufs !

Indiciblement ému, tout vibrant, je me
précipitai vers la croisée et plongeai mes
regards avides dans la rue... Ah! les
miens! Ils étaient au moins six ou sept
cents, ces gars des pierrailles du Rouergue
et de l'Albigeois, et marchaient tous ensemble, quinze ou vingt par rang, autour
d'un drapeau formé d'un bâton épineux
pour hampe, d'un mouchoir blanc, d'un
pan de blouse bleue et d'une ceinture rouge
pour étendard. En sabots la plupart, tous
vêtus de toile écrue et coiffés de bourgui-
gnotes omnicolores, ils gesticulaient, ils
vociféraient en vrais enfants du pays des
chênes et des vignes, et mon cœur les eût
reconnus avant mes yeux, ces êtres à la
fois si farouches et si bénins, qui s'enflamment aussi vite qu'ils se refroidissent et
vice versà.

Cinq sos de bato
Cinq sos de ferro...

Parbleu ! je ne tardai pas à me convaincre
qu'ils étaient bien mes compatriotes et mes
frères ! Au jardin du Luxembourg, où la
belle administration qui florissait à cette
époque-là, les avait parqués, tels que des
bestiaux, je les retrouvai tous, non moins
pittoresques et bruyants que tout à l'heure,
au défilé ; mais, hélas ! quels nez longs
d'une aune ils avaient. « Eh bé ! c'était
ainsi que les Parisiens les recevaient à bras
ouverts ! Hormis quelques badauds assez
arrogants pour se moquer du parler du
Midi, personne, absolument personne ne
leur offrait le pain, ni le sel et l'ail ! *L'ase*
té quille ! et que le diable les roussisse,
ces citadins si polis ! Eux, les rustres, ils
avaient roulé pendant plus de quarante-
huit heures, entassés comme des ouailles
en des wagons de marchandises, et voilà
l'accueil qu'on leur faisait à eux, accourant
de leur contrée, ivres d'amour, de fureur

et de gloire, au secours de Paris assiégé.
Sacro-Di !... C'était bien la peine d'avoir
tout abandonné là-bas, au hameau, pour
être ainsi fêtés en cette ingrate capitale !
Et, sans plus se soucier des merveilles
ambiantes, les marbres, les bronzes, les
palais, les tours, les ponts, les églises, les
casernes, les gares, tout ce dont la veille
encore ils avaient soif et faim, ces naïfs,
ils s'entretenaient ·mélancoliquement de
leurs vieux, infirmes les uns, indigents
les autres ; de leurs promises, qui peut-être
les oublieraient tandis qu'au milieu des
batailles ils chargeraient l'étranger ; de
leurs amis et compagnons à quatre pattes :
les vaches à lait, les juments poulinières,
les mulets et les ânes de trait ou de bât, et
surtout leurs barbets ou leurs griffons si
fidèles, dont ils s'étaient séparés sans trop
gémir et qu'ils regrettaient en répandant
des larmes à présent. Oh ! la France, la
France, ils lui préféraient à cette heure
leur paroisse et leur clocher. Réellement,

8.

ils étaient bien les fruits de cette terre in-
candescente des Gaules où cuisent de toute
éternité des cerveaux volcaniques. Sitôt
abattus, sitôt debout. Tel pleure qui riait,
et tel qui pleurait rit. A moitié celtes
et semi-romains, un mélange d'alouettes
et d'aiglons, à Champigny comme ailleurs,
après avoir bataillé à la guise des paladins,
ils prouvèrent qu'ils n'avaient pas dégénéré
de leurs devanciers, les incomparables soldats de la République et de l'Empire ! Elle
disait vrai leur chanson régionale, et la
tradition n'avait pas menti non plus. Avec
les sabots qui leur avaient coûté cinq sous,
leurs pères étaient allés partout : à Rome,
à Madrid, à Vienne, à Berlin, à Moscou,
non seulement en Europe, mais encore en
Afrique, en Asie, en Amérique, chez les
noirs, chez les rouges, chez les jaunes,
aux enfers, au ciel, et puis eux de même :
au club, aux bastions, au combat et plus
loin que le bout du monde, au tombeau,
pécaïre !

Cinq sos cousteroun
Cinq sos cousteroun
Lous esclots...

O Dioux ! ils le payèrent cher le massacre,
le carnage qu'ils firent des Teutons sous
les murs de Lutèce, ces Gallo-Latins !
Ayant taillé en pièces un ramassis de Bavarois, de Wurtembergeois, de Saxons, de
Hanovriens, de Souabes, de Posnaniens,
de Badois et autres Germains, ils se cou-
chèrent pour ne plus se relever sur les
corps des Allemands troués par les baïonnettes et les balles, meurtris par les crosses
des fusils. Et les débris de leurs bataillons
en sabots, il me fut donné de les voir,
après la signature de la paix, sur la place
d'Armes de ma ville natale, où je m'étais
empressé de rejoindre ma sainte mère, à
qui nulle de mes lettres confiées aux bal-
lons postaux n'était parvenue, et qui vainement elle-même avait usé des pigeons-
voyageurs pour fournir de ses nouvelles à
son fils unique, montant parfois la garde

aux remparts et parfois dépeignant, angoissé, dans sa froide mansarde, les fugitifs
espoirs et le courage inébranlable des défenseurs de Paris. Il y avait là, devant la
Collégiale, autour du gigantesque crucifix
émacié qui se dresse au milieu du parvis,
une multitude de paysans, attendant,
flanqués de leur bétail, les quelques mo-
biles de la province qui n'avaient pas suc-
combé devant l'ennemi ni pendant leur
captivité dans les forteresses transrhénanes.
A la vesprée, ils se présentèrent, les héros,
en haillons tous, et plusieurs, partis im-
berbes, rentraient fort barbus. On les ac-
clama, puis on les étreignit, et, quand on
les eut assez complimentés, on les interrogea sur leurs prouesses et leurs souf-
frances. Ils n'étaient plus qu'une poignée,
environ nonante, et j'entends encore leurs
invariables réponses à quelques patriarches
quasi-centenaires, anciens grognards de
la Grande Armée, curieux de savoir ce
qu'étaient devenus les conscrits, les re-

crues de 70 : Mort au feu ! tué sur le
terrain ! « tombé au champ d'honneur ! »
Et ces vieilles formules épiques, dont on
se moque parfois, me mordaient aux entrailles et m'arrachaient des sanglots. Enfin, quand on fut bien renseigné sur celui-
ci, sur celui-là, sur tel autre, on décida
qu'on ne se quitterait pas ainsi sans trin-
quer. A tout prix, il fallait, avant que ces
vaillants et malheureux chevaliers, hier
encore prisonniers en Allemagne, rega-
gnassent qui sa plaine, qui son coteau, qui
le bord de sa rivière et qui son coin de
bois, il fallait s'arroser la dalle du cou,
boire à la santé de la belle France quelques verres du cru. Justement, à côté du
vétuste hôtel des Messageries, un immense
cabaret, orné sur sa devanture d'une grosse
botte de paille et de quelques branches de
houx, antiques indicateurs que n'ont pas
encore remplacés les modernes enseignes
si rutilantes qu'on rencontre ailleurs, en
d'autres cités dédaigneuses des us et cou-

tumes d'antan, exposait une kyrielle de
futailles en perce et béait devant eux. On
s'y engouffra pêle-mêle, et bientôt le blanc
et le noir coulèrent à pleins bords. Suffisamment rafraîchis et même échauffés par
ces libations, les revenants se montrèrent
moins graves et leurs récits furent plus
gais. Hé! si l'on avait beaucoup pâti là-
bas avec Trochu, qui les laissait crever de
misère sur les plateaux ou dans les gorges
des alentours de la capitale, et fort langui
dans les citadelles de la Prusse, on ne s'é-
tait pas privé de faire quelques farces;
aussi, mainte Parisienne avait raffolé de
plus d'un tendre guerrier riverain du Tarn
et de la Garonne, et beaucoup de petits
Welches, qui n'étaient pas encore nés, auraient, *Trounouïre de Diou!* positivement
un vrai sang vif et rouge comme le jus des
souches, oui, du vrai sang gascon dans
les veines! Et ces sacrés casques à pointe
de Bismarck n'avaient point prévu ça, que,
tout en étant vainqueurs *par hasard*, du

Français, ils n'en seraient pas moins battus,
cocus et contents ! *Sacoro-Milo !* c'était la
pure vérité. Rien n'était perdu ! Tôt ou
tard, après avoir reconquis l'Alsace et la
Lorraine, et toute la rive droite du Rhin,
un fleuve, citoyens et messieurs, qui ruis-
selle dru, les morveux du Languedoc,
comme leurs aïeux de 1807, iraient tambour battant et clairon sonnant, enseignes
déployées, à Berlin, et, dans leur marche
triomphale à travers les plates campagnes et les sombres villes du Vaterland,
ils reconnaîtraient toute une fourmilière
créée par leurs papas et fraterniseraient
avec ces bâtards, leurs frères consanguins.
Enfin, ayant cessé de parler, ils braillè-
rent, et je les vis sortir du bouchon et
défiler bras à bras en bramant à tue-tête
leur séculaire romance composée par des
troubadours, la même, oui, paїsants et manants, la même que rossignolaient autrefois les quatre fils d'Aymond et le gran-
dissime Roland, neveu de l'empereur Char-

lemagne à la barbe florie, qui, huit cents
ans après la mort de Jésus de Nazareth,
régnait en Rouergue autant qu'en Quercy,
par la grâce de Dieu :

> *Cinq sos cousteroun*
> *Cinq sos cousteroun*
> *Lous esclots,*
> *Quand éroun*
> *Quand éroun*
> *Noûs !*

Août 1883.

Griffe de Fer

— 1871 —

GRIFFE DE FER

ÉLÉ comme pas un, oui, mes anciens, oui, mes camarades, oui, mes cadets, oui, mes enfants! je m'étais battu comme un chien de l'aube à la brune, sous Paris, au delà du plateau d'Avron, et je vous assure que si l'on y gelait, il y faisait chaud aussi. Ces oiseaux de Prusse qui se croient des aigles et ne sont que de tristes corbeaux, on les avait serrés de près enfin, et le fait est que, s'ils résistent très bien au feu, le fer ne leur va guère. Ils n'en voudront jamais, jamais de la baïonnette ! Et si l'on trouve le moyen d'en revenir tôt ou tard à l'arme blanche dans les batailles, adieu grosse Allemagne! Il suffira de cinquante mille de nos lapins pour la forcer à saluer le chante-clair perché sur les drapeaux de France... Or donc, ce jour-là, mes compagnons de guerre, les fusiliers marins s'en étaient fichu une bosse, et moi j'avais fendu tant de casques à pointe avec ma hache d'abordage qu'elle en était faussée.

— Hé! disais-je en l'aiguisant, il est probable qu'à l'entrée en ligne des bataillons de patriotes, en dépit de ce fainéant de Chuchu, ça ira!

— Nous l'espérons un peu.

— Comptez-y...

J'avalai le reste, car M. le baron de la Pugne, notre capitaine et mon pays, apparut au milieu des feux de bivouac, avec son inséparable, un Manceau, le lieutenant Touillès. Ils n'étaient pas auprès de nous en odeur de sainteté, précisément, ces deux farauds-là, toujours astiqués comme à la parade et nous embrenant

pour un rien avec des accompagnements
de sacré nom de Dieu! « S'ils conti-
nuent à nous mécaniser ainsi, m'avait
dit un soir le vieux sergent Hurgliol,
on leur servira ce qu'on servit, en Chine,
au major Radecoûl: un pruneau qui
ne se digère pas! » Il est certain que
nous tous, sans exception, ne boudant ni
sous la mitraille, ni dans les tranchées,
nous n'étions pas très contents de ces deux
hargneux qui, loin de nous encourager un
brin, nous démontaient sans cesse par
leurs complaintes. On n'aurait su les ac-
cuser de manquer de courage, oh! non!
ils avaient, l'un et l'autre, fait leurs preu-
ves au Sénégal, en Algérie et même ailleurs! Seulement, il était hors de doute
que si la République nous bottait très bien
à nous, simples troupiers, elle ne les chaus-
sait guère, eux, nos supérieurs, et que
pour rien au monde ils n'eussent voulu,
ces fendants! qu'elle triomphât comme
son aînée, la grande!

— Est-ce toi ? me demandèrent-ils en lissant leurs moustaches cirées, est-ce toi qui jaspinais ainsi, Simony ?

— Moi-même, mes officiers, moi-même en personne !

Et m'étant levé, je me mis au port d'armes, et caressai mes petits favoris d'ordonnance en louchant un peu, car j'estimai, moi, que les manières de ces messieurs étaient fort insolentes et que ce n'était pas du tout le moment de prendre avec nous ces airs-là.

— Vous ne tarderez pas à connaître tous, tant que vous êtes ici, que M. le général en chef, président du gouvernement de la Défense nationale, n'est pas un oison, et que s'il temporise, il a ses raisons pour cela ; quant à toi qui te figures que ces gredins les Trente-Sous, les Torrentiels, sont capables de se mesurer avec l'ennemi, tu te fourres le doigt dans l'œil, et le coude aussi, paysan !

— Ici, cap'taine, avec votre permission

il n'y a ni monsieurs ni manants ; il y a des soldats plus ou moins gradés et des Français exposant également leur peau pour le salut de la patrie et le triomphe de la liberté !

Ce seigneur qui pensait peut-être que j'étais aussi timide, aussi nigaud que tel ou tel des anciens vassaux de sa famille, alors qu'elle dominait en ces parages, entre les murs de ce château, là-bas, à l'embouchure du Valvy, me regarda de travers et je compris bien qu'il m'eût fouaillé comme un braque, s'il l'eût osé.

— Tas de cochons ! s'écria-t-il en se tournant vers la capitale invisible dans la brume, mais dont les forts tonnaient par intervalles, vous serez un jour payés selon vos mérites... Et toi, je te conseille de ne pas t'occuper de politique dans les rangs, citoyen !...

Ils s'éloignèrent tous les deux en grognant ; et je ne fus guère étonné, deux heures après, lorsqu'on m'annonça que je

devais aller passer la nuit en sentinelle
au delà de nos lignes, en un poste avancé
d'où, la plupart du temps, ne revenaient
pas le lendemain ceux qui y avaient été
expédiés la veille, et l'on n'envoyait là
que les têtes brûlées, les mauvais bou-
gres, les démoc-soc qui s'étaient trop frot-
tés à « la canaille parisienne, » car on
avait vécu près de deux mois en l'enceinte
de la ville et beaucoup d'entre nous qui
naguère eussent été bien embarrassés pour
lire un écrit, voire les imprimés, en sa-
vaient tout autant à présent que s'ils
avaient remué des alphabets toute leur
vie.

— Ah ! garçon, ne t'endors pas et méfie-
toi ; je te glisse ça dans le tuyau de l'o-
reille, moi, le doyen de la compagnie :
attention ! on connaît le terrain ; il est dé-
boisé, mais il y a pourtant moyen de se
couvrir.

— On tâchera ; merci, sergent, merci
bien !

Et là-dessus je filai avec quatre lignards
et un caporal qui, m'ayant mis en faction
à douze ou quinze cents pas de là, firent
demi-tour à gauche et me voilà tout seul.
Il brouillardait ferme et j'aurais bien
fumé une pipe pour me réchauffer un tantet l'estomac, mais la consigne !.. Alors je
battis la semelle, et puis avisant un gros
saule évidé, je m'y blottis avec mon chas-
sepot. Tonnerre de Dieu ! ça piquait et fort
dru... L'endroit, ouvert à tous les vents, n'é-
tait pas des plus agréables. Imaginez-vous
une plaine presque nue à deux cents mètres
d'un coteau derrière lequel le Welche,
paraît-il, était campé. Pas le moindre bruit
en cette solitude ; on ne sait où se cachent
les oiseaux par une telle saison ; les arbres
n'avaient plus de feuilles et tout semblait
mort. A force de regarder autour de moi,
mes yeux habitués à l'obscurité finirent
par distinguer une haie partant des hauteurs d'en face et s'en venant mourir au
bord de mon espèce de guérite. On pouvait

9.

parfaitement ramper au long de ces buis
et me tomber sur le casaquin sans crier
gare ! aussi me défiais-je. Ah ! bien m'en
valut, oui ! Selon mes calculs, il devait
être environ trois heures du matin ; ne
sentant plus mes pieds, engourdis dans
mes bottes, et transi de haut en bas :
« Ouvrons l'œil ici, m'étais-je dit et me disais-je, ou bien on te ramassera roidi dans ce
coin, et peut-être égorgé ! » Comme je me
répétais cela, j'entendis comme un froisse-
ment de branches et mon oreille se dressa.
« Tiens, tiens ! serait-ce le sournois en
train de me rendre visite ? Ici même une
quinzaine des nôtres ont péri sans profit
pour personne ; ouvrons l'œil ! » Et je jouai
si bien de la prunelle que je perçus à
quinze ou vingt pas, à ma gauche, une
boule noire qui roulait doucement vers
moi. Tout à coup, une voix étouffée sortit
des buissons et j'ouïs ceci :

— Wer da ?

Puis sur ma droite, à mon côté :

— *Kœniglick ?*

« Qui vive? » « Soldat du Roi! » Pareille demande suivie d'une telle réponse en cette langue de cheval que parlent les rousseaux d'au delà du Rhin, me renseignait suffisamment et j'épiai la masse sombre qui dégringolait toujours plus vite. Elle arriva presque au bout du canon de mon fusil, et je vis une buée qui s'échappait de cette ombre ambulante. Ah ! C'était l'haleine d'un sacripant et je tirai sur lui ! Mon arme rata ; je croisai la baïonnette et fondis sur le grand gaillard qui me visait à la tête. Il ne s'en manqua pas de beaucoup, par ma foi ! que mon compte ne fût réglé. Je sentis passer dans mes cheveux le vent d'une balle. Hé ! ce renard qui s'était approché de mon observatoire à pas de loup ne mangera jamais plus de pain ! Il s'affaissait percé d'outre en outre par mon yatagan lorsque je reçus sur le crâne un coup de crosse qui m'étourdit. Heureusement j'ai la caboche dure comme un roc, et ça me sauva ; mais celui qui m'avait si bien apostrophé fut perdu. Comme je le chargeais à fond, il glissa, tomba, je le clouai par terre, et tout fut fini pour lui. Prête à me secourir, une sentinelle française, placée sur mes derrières, s'était avancée. Elle me héla ; je lui répliquai ; nous nous joignîmes. Une ligne blanchâtre rayait le ciel, la lune avait un peu pâli, l'aurore naissait... « Tu l'as échappée belle aujourd'hui ; peut-être t'en tireras-tu sans dommage ! » En effet, il n'y eut rien de nouveau jusqu'à l'heure où l'on me releva de garde. Et tranquille, en bonne santé, je rebroussai chemin. Hurgliol, le vieil ami, qui guettait ma rentrée au camp, m'aborda.

— Décidément, me dit-il, les deux rossignols que tu sais chantent faux ; Endric le fourrier de la 1re compagnie qui les éclairait cette nuit à la ronde-major les a entendus raisonner comme des pandours...

— Ah bah ?

— Mon cher, Ragmé qui les rembarra parce qu'ils l'avaient brusqué, sous prétexte qu'il roucoulait la *Marseillaise*, sera fusillé, nous en avons été instruits tantôt. Attention ! il nous en pend autant à l'oreille, si nous leur ripostons aussi, nous.

— On se surveillera !

— Va, c'est bien clair; ils sont de la bande à Trochu qui nous vendra si l'on se laisse lanterner davantage par l'aristo qui, n'ayant plus d'empereur, réclame un roi.

— Comment?

— Tels sont leurs refrains qu'on m'a rapportés : « On s'échauffe de plus en plus, nos vieux hurleurs de mer sont enragés ; si Paris, c'est-à-dire la République se dégage et l'emporte, adieu tout ! Il n'y aura plus d'armée, il n'y aura plus de juges ni de prêtres ; aucune monarchie ne sera possible; il n'y aura plus rien et nous serons rasés. »

— Ils ont ainsi parlé, vraiment?

— Ainsi.

— Les traîtres! En ce cas, le plus court serait...

— Oui, je t'entends; seulement ce n'est pas commode.

— En campagne, au milieu d'une canonnade, en joue, feu! Ni vu, ni connu...

— Chut! les voici!

— Qui donc?

— Eux!

— Où?

— Derrière ce talus.

En causant, en riant, ils s'avançaient bras à bras; sitôt qu'ils nous virent, ils se turent et passèrent tandis que nous leur faisions le salut militaire.

— A propos, s'écria M. de la Pugne en se retournant et m'interpellant; as-tu rencontré beaucoup de Prussiens, par hasard, toi?

— Quelques-uns, répliquai-je en montrant à ce raillard le casque à pointe et le schako à double visière des batteurs d'estrade que j'avais démolis; en voici la preuve!

Ils me lorgnèrent de travers, ces deux
félons, et puis ayant allumé chacun un
cigare, ils me plantèrent là sans me dire
seulement : « C'est bien ! »

Non, ils ne voulaient pas de la Marianne, ces châtelains et ces bourgeois en
épaulettes ; il n'en voulaient à aucun prix
et notre tort fut de ne comprendre ça que
lorsqu'il n'était plus temps de réparer celui que l'on avait perdu. Si nous avions
marché sans attendre leurs ordres, on serait arrivé je ne sais où, quelque part, et
nous ne serions pas gouvernés aujour-
d'hui par un tas de farceurs qui ne va-
lent pas les quatre fers d'un chien. Nous
avons la République ; oui ; mais laquelle ?
Une gueuse qui couche avec tous les mir-
liflores des quatre-vingt-six départements,
et non pas une brave fille amie en tout
bien tout honneur des sans-culottes des villes et des champs. Suffisit !... on verra plus
tard. En attendant que ça change un peu,
revenons, s'il vous plaît, à nos moutons.

— Il y aura du bouillon demain, nous apprit-on un soir après la soupe, et ce sera chaud! D'après notre commandant, les Ostrogoths se proposent d'établir en face de nous, sur la colline, une batterie de grosses pièces; s'ils y réussissaient, nous perdrions la redoute où nous sommes installés et le plateau qu'elle protège; il s'agit de sangler nos reins; tâchons de nous maintenir ici, sinon tout ira mal...

Le lendemain, il nous fut démontré que l'espion qui nous avait mis au courant des intentions du Prussien était bien informé. Vers trois heures de relevée, par une journée grise où le soleil était aussi pâle que la lune visible en plein ciel depuis midi, l'on ouït sous les fourrés, au fond des gorges, un concert de sifflets, et, silencieuses, des masses d'infanterie se rangèrent au pied du coteau qui nous barrait l'horizon: puis, une averse de mitraille écrasa nos fascines et nos parapets. On se souviendra toujours en vérité de ce

combat de Gare-la-Bombe! ainsi nommé,
parce que la troupe criait ça de tous côtés
en tiraillant. Aussitôt que l'étranger jugea
notre position compromise et la place
suffisamment balayée, un hourrah général retentit, et de noirs bataillons nous
assaillirent. Toujours repoussés, ils re-
montaient à l'assaut toujours plus nombreux, et l'on se lardait, on s'assommait
devant les sept à huit canons qui flan-
quaient notre redan. Ah! la guerre! on
l'a vue de près, et l'on n'aime pas trop
ça; seulement il faut bien se défendre
quand on est attaqué, n'est-ce pas! et
mieux vaut tuer le Diable que d'être tué
par lui. Pour nous, à cette époque, il n'é-
tait autre que Guillaume et Bismarck d'a-
bord; ensuite Badinguet et Badinguette,
et le petit Badinguet. Tel était notre sen-
timent, et nous nous escrimâmes comme des
lions afin de conserver, ou plutôt de conquérir, les droits de l'Homme et du Citoyen, ainsi que s'exprimaient nos frères

les Parisiens dans leurs assemblées où l'on jacasse si clairement. Il y avait déjà longtemps qu'on se bûchait, et, quoique décimés, nous ne bronchions pas et les autres se renouvelaient sans cesse. Une dernière fois, ils nous chargèrent, huit ou dix contre un, et, pour le coup, ils franchirent le fossé, les épaulements et nous débordèrent. Alors eut lieu positivement une mêlée terrible où les crosses et les baïonnettes, et nos haches tapèrent, piquèrent, fendirent mieux que jamais. On vous le répète, paysans, l'arme blanche n'est pas le fort de ces patauds d'Allemagne et nous en massacrâmes autant et plus que nous n'avions de braves encore intacts. Soudain notre aile droite faiblit et notre centre fut presque enfoncé; la débandade commençait déjà...

— Ces deux puants se sont rendus, criait-on, ils ont capitulé !

— Qui, demandâmes-nous aux fuyards, qui donc ?

Un matelot répliqua :

— Le capitaine et le lieutenant de la 3ᵉ compagnie.

— Où ?

— Là !

— Quand ?

— A l'instant ; tenez, les voilà tous deux qui filent...

En parlant ainsi, cet intrépide tendit le doigt vers une touffe de buissons et nous aperçûmes là Touillès et la Pugne offrant fort galamment leurs sabres à un major de l'armée adverse... A ce moment, des renforts nous arrivaient. On reprit vite l'avantage et l'ennemi lâcha pied sur toute la ligne ; on le traquait ferme lorsque, sur les hauteurs d'en face, des mortiers tonnèrent, et, de nouveau : « Gare la bombe ! » En un clin d'œil, la moitié de notre effectif fut fauchée. oui. Ma vareuse et mon bonnet étaient troués de balles, mais je n'avais pas une seule égratignure, moi. Debout au milieu du carnage et portant en bandoulière une espèce de guidon blanc et bleu que j'avais arraché des mains d'un officier bavarois coiffé d'un casque à chenille, je fouillai dans ma giberne vide et suivis du regard les deux chefs prisonniers qui s'en allaient avec plaisir en Prusse.

— Ils devaient finir par là, dis-je au pauvre Hurgliol, étendu le ventre ouvert par un éclat d'obus sous les roues d'un de nos canons encloués; et je regrette de ne pas leur avoir cassé la gueule à tous deux, surtout au capitaine.

— Oui, c'est dommage, râla le vieux sergent, ah! s'il en est temps encore, essaie...

— As-tu des munitions, toi?

— Quelques cartouches.

— Une peut-être suffira.

— Ramasse donc mon fusil, il est chargé .

Je me baissai vivement, et j'ajustais l'indigne. qui souvent avait provoqué à la dé-

sertion et fait déférer aux conseils de
guerre les soldats républicains jaloux de
remplir leur devoir envers et contre tous...
une grenade me cassa net le bras gauche.
Alors j'appuyai mon arme sur mon poignet saignant, et, l'œil aiguisé, le corps
immobile et roide comme s'il eût été de
pierre ou de marbre, je pressai la gâchette... Il tomba, ce bon disciple de Bazaine, le capitulard, il tomba pour ne plus
se relever, et, dès le lendemain, le Révérend
Père Trochu fit coucher cette belle phrase
sur le *Journal officiel* : « Le capitaine de
fusiliers marins, M. le baron Noé de la
Pugne, est mort héroïquement au champ
d'honneur. » On m'amputait, moi, pendant qu'on imprimait ça. Deux mois après,
on m'assujettit au moignon une tige de
métal à cinq branches, celle-ci que voilà,
dont je me sers assez bien aujourd'hui pour
fouir la terre... et voilà pourquoi votre
commensal et votre allié, le manchot qui
vous parle ici, campagnards, moi, Jacques

Simony, je réponds au sobriquet dont le recteur de Saint-Carnus m'a naguère rebaptisé : Griffe de Fer !

Avril 1883

Prends Ton Sac!

— 1871 —

Prends Ton Sac!

C'était à la fin de mai, voici déjà plus de dix ans. Une lourde rumeur entra brusquement par la fenêtre entrebâillée auprès de laquelle, à demi couché sur un mauvais sopha, je lisais, pour la centième fois de ma vie au moins, le court chef-d'œuvre d'Etienne de la Boëtie, cet immortel *Contr'Un* où sont exprimés dans un si mâle langage les droits de tous à la liberté. Vraiment, cette hautaine philippique contre les rois, écrite sous le règne du fils de François d'Angoulême et de Claude de France, était alors de circonstance, et de tous les éclats de la virile éloquence que le

10

grave Périgourdin, conseiller au Parlement de Bordeaux, avait lancés aux tyrans de son temps, j'en stigmatisais ceux du nôtre...

— Aux armes! crièrent mille bouches en bas, dans la spacieuse rue de Tournon, où j'habitais depuis peu de jours; aux armes! *ils* sont là?

— Qui donc!

— Ceux de Sedan et de Metz! eux tous ensemble!

Alors le discours flamboyant dont depuis quelques heures j'allumais le sang de mes veines, échappa de mes mains, et m'étant précipité vers l'étroit balcon dominant les carrefours voisins, je jetai du haut de ce quatrième étage, dont les murs avaient été profondément entamés par les obus prussiens, un regard circulaire au-dessous de moi. Le pavé grinçait sous la fuite haletante d'une troupe ivre de colère et folle de poudre, et je reconnus en elle un bataillon de l'armée urbaine qui, la veille, était passé par là, chantant la *Marseillaise* et marchant au pas accéléré vers la porte d'Auteuil en vain bombardée par les ruraux.

— On nous a livrés; trahison ! ils nous ont vendus !...

Et c'était vrai, cela : pendant que, fier et calme, Paris dormait sous la mitraille, un drapeau blanc avait été clandestinement arboré sur les remparts inviolés, et Versailles, averti de la sorte que les soldats-citoyens n'étaient plus en nombre autour du bastion attaqué, quasi détruit, avait franchi, sans coup férir, les fossés de l'enceinte et rué ses trop naïfs campagnards, de retour d'Allemagne, à travers les boulevards et les avenues de la capitale. Il n'y avait plus qu'à défendre pied à pied chaque place, chaque ruelle, chaque maison, et c'est à quoi les métropolitains de la France, obligés de rompre pour ne pas être pris en queue et sur les flancs et tués sans combat, étaient certes bien réso-

lus. Ah ! du moins, puisque la fortune leur
était contraire, ils tomberaient en brûlant
leur dernière cartouche et serviraient une
dernière fois, par leur mort, la République
en butte à la rancune des libérâtres et des
autoritaires conjurés.

— Aucun pantalon rouge ne tirera sur
vous ; ils sont peuple aussi, les lignards,
et, comme au 18 Mars, ils lèveront tous la
crosse en l'air !

— Erreur !... ils ont déjà fusillé beaucoup de nos frères...

— Où ?

— Là bas, à Neuilly ; tout Parisien doit
être exterminé ; voilà le mot d'ordre...

— Et la revanche de la Gironde !

On comprit cette parole, on se souvint
de l'anathème d'Isnard à la Convention,
de ce blasphème que récemment, dans
l'une de ses proclamations, le vieux jacobin
délégué à la guerre avait si judicieusement
rappelé : « Si jamais Paris (c'est-à-dire la
Révolution) ne respectait pas la province

(c'est-à-dire la réaction), Paris serait anéanti, son emplacement labouré ; l'on chercherait vainement sur les rives de la Seine s'il a jamais existé ! » Les jours prédits en 93 par le féroce représentant du Var étaient-ils enfin venus ? Environ deux cent mille paysans, sortis des forteresses transrhénanes ou bien arrachés au sol que nous avait laissé la Prusse de Guillaume et de Bismarck, étaient là prêts à saccager la ville pour complaire aux nobles comme aux bourgeois dirigeants, et les anarchistes, les prolétaires, les démagogues, n'avaient plus qu'à faire au plus vite leur *mea culpa*. Soit ! oui, mais la bataille serait chaude, aucun de ceux-ci n'admettrait jamais la « servitude volontaire, » et pour eux tous l'unique question en jeu, depuis quatre-vingts ans, se résumait en ces mots innocemment empruntés à l'*Hamlet* de Shakespeare : « Être ou n'être point ! »

— Tous debout ; *ils* sont là !

Propageant sans cesse ce lugubre aver-
tissement et suivie des citadins amassés
autour d'elle, la sanglante milice s'engouffra dans un passage et poussa sa
marche orageuse vers l'Hôtel de Ville, où
les magistrats élus de la cité délibéraient,
ignorant encore l'irruption des paours; et
tandis que les messagers de malheur s'éloi-
gnaient en répandant la fatale nouvelle,
toutes les portes, toutes les croisées se fermaient à la hâte et beaucoup de ceux qui
devaient se montrer implacables le lendemain du triomphe rural envers leurs concitoyens abattus, se réfugiaient effarés au
fond des caves inaccessibles de leurs de-
meures. En quelques minutes, le laby-
rinthe des rues ambiantes fut désert, et
sur cette chaussée où s'était produit tant
de vacarme, s'étendit et régna bientôt un
silence de mort. Il durait depuis je ne sais
combien d'heures, car, en moi-même ab-
sorbé, toujours immobile à l'endroit d'où
mes yeux avaient été témoins de l'émotion

populaire, j'avais perdu toute notion d'espace, de temps et de lieu, lorsque me rendant soudain la conscience des choses et
des êtres, un roulement hâtif, formidable,
étrange, inouï, remplit tout l'arrondissement menacé.

— Ran-plan-plan... ran-plan... plan,
ran!...

On eût dit qu'une brigade de tambours
battant la charge à la tête de cohortes innombrables s'avançait à travers les méan-
dres de l'antique et noir quartier latin, où
s'était écoulée ma peu lucrative et si laborieuse jeunesse ; et ma vue parcourant, à
vol d'oiseau, les toitures et les venelles
d'alentour sans y découvrir rien, je me
demandai quelle épaisse multitude allait
m'apparaître au tournant de ma rue et
dépasser une grosse borne cerclée de fer
assez semblable à celle où s'était juché,
dans la rue de la Ferronnerie, le séide des
jésuites qui enfonça son couteau dans le
flanc du madré Béarnais?... Enfin un vieil-

lard et un bambin, l'un conduisant l'autre, sortirent d'une obscure impasse et s'arrê-tèrent au beau milieu de la chaussée où frissonnait, sur un tas de pavés amoncelés à la hâte, un drapeau fait d'un bâton et de plusieurs lambeaux de laine rouge. Aveu-gle, le vieux citoyen avait évidemment servi, car ses mains veinées maniaient admirablement bien les baguettes, et l'on eût juré qu'il avait toujours porté la ca-pote haillonneuse dont il était revêtu. Re-troussée par derrière, elle affectait la forme de l'habit blanc des gardes-françaises sous Louis XVI et retombait sur des chausses grises, prises en des jambards de coutil. Hérissant la face ridée de l'ancien, une grande barbe blanche lui flottait sur la poitrine, et sur son crâne dansait un bon-net phrygien pareil à celui qu'avaient adopté pendant la Révolution les patriotes de l'an I ; et les yeux vides, les yeux sans regard de ce vétéran scintillaient cepen-dant ainsi que des braises mal éteintes.

Souillé de sang et de boue, en loques,
livide comme ses ancêtres et comme ses
congénères, qui n'eurent jamais ni le pain
ni le vin nécessaires à leur subsistance, ni
de feu pour y réchauffer leurs membres
engourdis, ni même un réduit assez large
pour y respirer à l'aise, lui, le gamin, tenait le centenaire par les pans de sa tunique, et ses narines large ouvertes se dila-
taient encore comme pour mieux humer
l'odeur fade et tiède émanant des char-
niers prochains. Or, la peau d'âne, l'unique peau d'âne qui produisait tout ce fra-
cas, ronfla de plus belle au milieu de la
rue solitaire. Ah! cette générale, cet appel,
les sectionnaires jadis s'étaient levés en
masse en l'entendant, et tous du même
pas avaient marché. Ran-plan-plan!... Et
mille fois répercutés par les échos environ-
nants, ces *raflas* tonnaient et sonnaient
comme des tonnerres et des bombardes.
En contemplant ces deux figures spec-
trales plantées sur un monceau de cailloux

telles que sur un socle de marbre ou d'airain, nous crûmes voir à la fois l'avenir et
le passé. L'un n'était-il pas tout entier en
ce maigre faubourien beaucoup plus âgé
que le siècle? Imberbe encore, il avait,
celui-là, soulevé par les apostrophes de
Danton et les enthousiasmes de Desmou-
lins, arboré la cocarde verte et couru sus
à la Bastille, assisté plus tard à la décapi-
tation publique du « Boulanger et de la
Boulangère » et conspiré contre le Mino-
taure de Corse à qui, bon an mal an, il
fallait la fine fleur de la chair de France à
dévorer ; il avait vu juillet 1830, les Trois-
Glorieuses et le prétendu roi-citoyen, ensuite 1848, 1851, et s'était ranimé pour
lutter une dernière fois contre Thiers le
liberticide et ses complices, les sicaires de
Badinguet le capitulard, dont le despotisme
interrompu n'était peut-être pas terminé !...
L'autre, le blanc-bec, ne représentait-il
pas toute la plèbe actuelle ? Il était, celui-
ci, le neveu des vainqueurs de Février et

des transportés de Juin, le fils des volontaires de la Commune, et comme ses pères
dont il avait la mine hâve et le teint
plombé, il serait un forçat du travail, un
homme de trait et de bât, une bête de
somme, ce qu'aujourd'hui l'on nomme :
un salarié !... Pendant que je les considé-
rais tous les deux, au loin la poudre parla.
Cissey, l'ami de Bazaine et de l'autre maréchal, Cissey que Galiffet, le marquis
boucher, éclipse à peine, Cissey le chauvin qui devait s'accoupler, lui, le ministre
de la guerre, à l'espionne internationale
de Kaulla, Cissey le pur des purs, s'approchait avec ses hordes farouches depuis la
veille campées autour de la gare de Mont-
parnasse, dont tous les défenseurs avaient
vécu !... Le vieil amant de la Liberté, le
Tambour qui si souvent avait battu aux
champs quand les représentants du peuple
souverain passaient en revue la garde nationale victorieuse des rois, l'invariable
frondeur secoua son front chevelu dont

tous les crins neigeux se dressèrent, et tapant sa caisse roulante que sa cuisse à chaque pas repoussait d'un mouvement rhythmique, il se laissa entraîner, image vivante du temps aveugle et sourd que guide un enfant, par l'héroïque moutard dont les père et mère, déjà mitraillés peut-être, dormaient côte-à-côte sur un lit de nitre et de chaux vive. Et, comme au loin, aux abords du Luxembourg tout vibrant à la voix du canon d'alarme mariée à celle du tocsin, ils disparaissaient dans une vague fumée où surgirent tout à coup, parmi des éclairs et des flammes, une forêt de baïonnettes populaires et de triples rangées de barricades érigées çà et là, je me pris, songeant toujours aux belles invectives du philosophe du XVIᵉ siècle qui, lui, n'était pas un sceptique comme son socius l'auteur des *Essais*, à murmurer avec amertume et malgré moi ces mots : « En avant ! ami, frère, voyou, paria, zéro, peuple éternellement exploité, dupé,

vendu ! » puis, réglant mes paroles sur la
cadence guerrière, je scandai ce cri qu'a-
vaient tant de fois proféré, dans une autre
époque, les sans-culottes, les plébéiens
que la *générale* appelait périodiquement à
l'assaut de ces Tuileries maudites où sié-
gèrent, après le Bourbon détrôné, tant
d'intrigants suborneurs de la Patrie et
traîtres à la République : « Prends ton
sac ! »

Septembre 1881

11

Yxglu

le

Canonnier d'Issy

— 1871 —

Yxglu le Canonnier d'Issy

GAVROCHE sexagénaire, il pointait, mi-
rait, tirait sans répit, et son canon, une
de ces belles pièces de 12, en bronze, se
chargeant par la culasse, données par les
Parisiens assiégés au gouvernement de la
Défense nationale qui n'en usa point, tapait à chaque coup dans le tas, là-bas, à
l'extrémité de la rue où nombre de panta-
lons garance et de brassards tricolores en-
combraient le pavé. Debout au milieu de
sa barricade éventrée au sommet de laquelle un bonnet phrygien arboré sur une
hampe dont l'étendard écarlate en lambeaux avait été dispersé dans l'air, rayon-

naît sous les mouvantes flammes de ce
magnifique soir de mai, l'invulnérable
artilleur baignant dans le sang de quarante à cinquante cadavres, ne cessait pas
de soutenir cette lutte inégale, sans même
s'apercevoir que ses munitions dimi-
nuaient à vue d'œil...

— Le caisson se vide, dit à côté de lui
une cantinière en cheveux blancs qui, les
jambes cassées par des éclats d'obus, le ser-
vait encore tant bien que mal ; attends un
peu, ménage la graine.

— Oui, ma vieille, t'as raison, inutile
de les gaver de nos pruneaux ; ils dévoient,
les chouans !

Sur ce, armant son flingot qu'il portait
en bandoulière par dessus sa vareuse éli-
mée, l'index à la gâchette, il s'agenouilla
derrière les affûts du *Garibaldi*, « son
tonnerre, » et presqu'aussitôt une grêle de
mitraille plut autour de lui, ricochant à
travers les cubes descellés de grès et de
granit.

— Ta, ta, ta; ce n'est pas du tout ça, conscrits, et je m'explique que les culs-de-plomb de Bismarck vous aient trempé tant de soupes sans beurre en plaine et sur les coteaux ; ah ! mazettes ; ah ! c...orni-chons !

Au même instant, un mastroquet d'alen-tour, témoin des prouesses de ce solitaire, s'en vint en rampant lui offrir un litre de Suresnes ou d'Argenteuil.

— Un bon zig, c'est toi ! J'ai la gueule aussi sèche que de l'amadou, foutre ! A la tienne, ami ! Trépasse Foutriquet et vive Marianne !...

Il but à même la bouteille et, l'ayant tarie, il la tendait au mannezingue quand celui-ci, fracassé par une nouvelle volée de fer, chut en criant :

— Touché ! J'y suis...

— Il va me le payer, ton fournisseur ; retiens ta respiration jusqu'à ce qu'il ait perdu la sienne, ce ne sera pas long !

Et, reprenant son poste de bataille,

abrité par les roues et le fût du Cail qui
valait autant qu'un Krüpp, la preuve en
était faite, il ajusta quelques lignards défi-
lant au ras des maisons vers lui, car ils sup-
posaient, n'entendant plus la canonnade,
que la redoute, un instant silencieuse, avait
été désertée par le « pékin » qui, depuis
l'aurore, les arrêtait en leur démontrant
dix fois pour une et clair comme le jour
qu'il n'avait jamais eu de la cire aux yeux.
En cinq à six minutes, sept tourlourous
et deux matelots s'abattirent, foudroyés ;
une dizaine d'autres qui cheminaient en se
masquant au fond des baies, se ravisèrent
immédiatement et tournèrent les talons.

— Ils montrent leur prussien, nom de
Dieu ! Trois sous contre un centime que le
brutal recommencera bientôt sa romance !...

Une salve, en effet, ne tarda pas à re-
tentir, et la vivandière, abîmée sous cette
avalanche de boulets, expira.

— Je te vengerai, Catherine, oui, va,
n'aie pas peur !...

Et le vieux faubourien, au grand dam des jeunes rustiques d'en face, dépensa royalement sa dernière poudre, puis s'accroupit au pied de sa bombarde fumante encore et muette désormais :

— S'il me restait seulement un abricot, murmurait-il sous ses moustaches grises, cette espèce de capitulard qui braque sur moi sa lunette d'approche, écoperait, bien sûr !...

Une demi-heure s'écoula; n'apercevant au large ni chien ni chat, et pensant que les propres à rien du sale papa Bécon en avaient assez et même plus qu'assez, il se disposait à déguerpir de là, cet indomptable, pour aller combattre ailleurs, lorsque, derrière lui, tout au fond de la voie où deux maisons incendiées barraient le passage, il perçut une étrange rumeur et, tandis qu'elle lui chatouillait les oreilles, une vingtaine de chasseurs de Vincennes débouchèrent d'une sorte de palais en lequel ils s'étaient introduits après avoir dé-

moli les parois des bâtisses attenantes et
s'élancèrent au pas gymnastique, de son
côté. Vaincre ? impossible ; et s'échapper, pas
mêche !... il n'avait plus qu'à mourir en
tuant et jusqu'à ce qu'on le tuât lui-même,
quelques autres de ces civilisés qui n'a-
vaient fait grâce à personne en cette sanglante semaine de l'année terrible. Il en
tomba plus d'un devant lui, car, avec son
coup d'œil infaillible, il était aussi bien
secondé par sa clarinette de cinq pieds
qu'il l'avait été par son ophicléide de douze
pouces. A bout de cartouches, il croisa la
baïonnette et ce fut un zouave qui l'avala
tout entière ; n'ayant pu la ravoir, il co-
gnait de la crosse ; une grenade lancée
d'une fenêtre par un sapeur, la lui ayant
brisée dans la main, il dégaîna...

— Quel gaillard !

Il saluait avec politesse les deux vétérans chevronnés par qui cette parole d'admiration involontaire avait été proférée à
plein gosier, lorsqu'un cadet très huppé

leur ordonna de s'emparer de « ce vieux
gibier de potence » qui, n'étant aucunement sourd, ouït très bien l'injonction et
riposta pour eux à cet arrogant frais émoulu
de Saint-Cyr :

— Aboule un peu, viens-y, toi, musca-
din !...

Et, comme on lui laissait quelques minutes de répit, il en profita pour réfléchir
un brin. Nom d'une pipe ! en songeant à
ses aventures de terre et de mer, quelle
électrique vision il eut de son passé. D'a-
bord, en vrai gamin de Paris, aux Trois-
Glorieuses, on l'avait vu coiffé d'un claque
en papier orné de la cocarde aux couleurs
de l'an I, arranger si bien les Suisses de Sa
Majesté très chrétienne le Roy, fils aîné
de l'Église, que la croix de Juillet lui fut
octroyée en récompense de sa conduite
exemplaire. En 32, aucun ouvrier de sa
partie n'ayant de l'ouvrage, il s'engagea,
pauvre typo. L'Algérie alors absorbait beaucoup de Français, il y fut expédié ronde-

ment. Au siège de Constantine où les yatagans des Arabes le tailladèrent, il avait eu
la chance de retirer de la mêlée le colonel
Lafadens de la Bastide, très grièvement
blessé. Quoique promu chevalier de la Lé-
gion d'honneur, il se repentit de cette
action-là, car, en 51, le capitan qu'il avait
sauvé facilitait le Coup d'Etat auquel lui-
même, après en avoir décousu carrément
en Juin avec les troubades, s'était opposé
de son mieux. Ainsi que la plupart des
prolos revenus des pontons, il se tint coi
sous l'Empire de Boustrapa, mais dès que
cet Hortensius, espèce d'imbécile que des
aigrefins qualifiaient d'auguste, eut som-
bré, l'incorrigible révolutionnaire doublé
d'un patriote endurci s'enrôla dans un bataillon de marche. En vain, à cette époque,
les Parisiens s'étaient-ils proposés de déli-
vrer la France et leur cité ; Trochu, Ducrot,
et les autres généraux de carton ne consen-
tirent pas à balayer l'étranger à l'aide de ces
ennemis des princes et des priviléges. S'il

avait beaucoup regretté, lui, que pendant
le siège on ne l'eût pas utilisé selon ses
moyens, il s'en réjouit après la reddition
de la capitale, puisque les blousiers, ses
frères, que M. Prudhomme espérait bien
duper une fois de plus, eurent besoin de
lui. La Commune proclamée, il prouva
qu'il était d'attaque comme pas un, et,
distingué par Cluseret, Rossel et Delescluze, il fut gratifié d'un glaive courbe
pareil à celui que la Convention ac-
cordait aux volontaires ayant bien mérité
de la patrie. Alors, sans se préoccuper de
l'abolition de l'ordre institué par Napoléon
Bonaparte, il continua comme devant à
porter le ruban rouge à côté de l'autre mi-
partie de pourpre et d'azur obtenu par lui
en 1830, et, l'arme votive de 71 au flanc,
il tint si bien sur les décombres du fort
extérieur où le délégué à la guerre l'avait
envoyé, que d'une commune voix on lui dé-
cerna le titre de « canonnier d'Issy.» Maintenant que tout était fichu, sachant à mer-

veille ce qu'on lui réservait, il se disait à
la barbe des maigres godiches que les gras
coquins emploient trop souvent pour mater
les dégourdis, accablés de misère, qui se
révoltent, il se disait à part soi que la République ne tarderait pas à retomber entre
les griffes des fainéants et que le peuple,
ainsi que jadis, crèverait de faim et de
soif, en ramant pour eux de l'aube à la
brune comme un galérien... et, ma foi,
vrai, cela le chiffonnait plus que tout ;
oui ! ça l'em...bêtait.

— Empoignez-le, commanda de nouveau l'officier en allumant un cigare ; et
vivement...

Tous ces ruraux naguère incorporés dans
l'armée de Versailles hésitaient devant ce
citadin malingre et narquois dont les prunelles vert d'eau luisaient comme des
émeraudes sous d'épais sourcils gris de fer
rayant le bas d'un front absolument dé-
garni ; cette figure urbaine un peu su-
rannée avec ses moustaches pies, ses min-

ces favoris à la d'Orléans, son menton de
polichinelle et son nez à la Roxelane les
intimidait ferme ; aussi ne l'enveloppèrent-
ils que très mollement en épaulant leurs
chasse pots.

— Sacrés moutards, railla-t-il en re-
mettant sa lame au fourreau, vous êtes
pourris de chic ; courage, houp-là ! J'ai
rengaîné ma rapière...

Il riait sous cape, les bras croisés sur
son buste et tambourinant des doigts sur
ses coudes ; on le désarma furtivement.

— Et les autres, tes pareils, lui demanda dédaigneusement le chef de la
troupe ; où sont-ils ?

— Sur la brèche, riposta-t-il en indi-
quant les corps mutilés et saignants de ses
camarades ; tous morts au champ d'honneur, ces poltrons !

— Alors vous étiez, vous, l'unique et
seul vivant, ici ?

— Sauf cette vaillante mère la Vertu
qui m'offrait encore la goutte il n'y a pas

plus de quinze à vingt minutes ; oui, seul depuis midi.

— Tu mens, un tiers de mes hommes, trente-trois sur quatre-vingt-dix-neuf, ont été tués.

— Si peu ; ça m'étonne, autrefois, il n'y a pas bien longtemps, j'avais l'œil plus vif et la main plus sûre.

— On vous nomme ?

— Yxglu, tel est mon nom de famille ; et quant à celui de baptême, absent du calendrier d'*il papato :* Bolivar.

— Hein ?

— Oui, mon beau mirliflore, et pour vous informer complètement, voici ce qu'on lit sur mon passeport : taille d'un mètre cinquante-trois centimètres et quelques millimètres avec, un puceron, quoi! puis, ancien chacal d'Afrique, onze blessures et treize campagnes, sans compter celles de Paris en juillet 1830, en février et juin 48, en décembre 51, enfin en mai de la présente année ; ouvrier imprimeur, dans le civil, âgé de 63 ans, y compris les mois de nourrice et d'apprentissage; voilà; n, i, ni, fini.

Le gommeux en uniforme inscrivit ces renseignements divers sur un calepin de bal, et désignant à ses paours une étroite impasse encombrée d'ordures, il dit, bref et cruel :

— Là !

— Jamais de la vie en ce trou, protesta le vaincu; délicat de mon naturel et très soigneux de mon individu comme je l'ai toujours été, j'ai le droit de ne pas vouloir claquer dans la m.... élasse.

— Allez.

— Zut !... Il y a là-bas une façade proprette et qui me chausse assez; en ce coin-là, ça m'eût été égal !...

La crête haute et la lèvre ironique, il précéda le peloton d'exécution et courut s'adosser au mur.

— Halte-là ! fantassins...

Et, s'étant à son tour approché de la mu-

raille, le Versaillais à la tunique galonnée
d'or osa toucher à la brochette de décora-
tions étoilant la casaque en loques du
fédéré.

— Plaît-il, interrogea celui-ci, quoi
donc ?

— Qu'est-ce que ça ?

— Ça, des croix qui marquaient jadis
l'échine de mes devanciers, espèces d'ânes,
et que je me suis collées sur le poumon,
il y a beau jour déjà.

— D'où te viennent-elles ?

Et le bandit essaya de les arracher de
la poitrine du brave.

— A bas les pattes, Azor !... On ne les
a pas volées, ces babioles ; aussi resteront-
elles là sur mon téton de gauche.

— Otez-les sur le champ, enlevez-moi
tout ça.

— Si je te flanquais une beigne, qu'en
dirais-tu, ma petite Altesse ? Est-il cocasse,
ce particulier ! Ah ! si t'étais un citoyen au
lieu d'être un monsieur, nous nous aligne-

rions un brin, nom d'une chique! Hein!
tu réitères et me craches des postillons
aux naseaux; ousqu'est mon briquet?
ousqu'est mon coupe-chou? et je te souf-
flette avec, en présence de la galerie.

Ayant blémi sous l'insulte, l'aristo provoqué hurla :

— Rendez-lui son sabre !

On obéit; et furibond, il ajouta, tirant
le sien :

— Arrive, voyou !

— Grand merci, monseigneur; on va
tâcher de rigoler.

Et, dès qu'il eut retroussé les manches de
son sarrau de laine ainsi que celles de sa
chemise de toile, le vieil enfant de la balle
éprouva l'estoc de son espadon au bout de la
semelle de ses godillots et tomba vivement
en garde, à la façon des professeurs d'escrime
des régiments, ses maîtres de contre-pointe,
la senestre en dehors appliquée sur le dos,
au bas des reins, la dextre en tierce. Au
contraire, son vis-à-vis se campa tel qu'un

tireur d'épée, un poignet en quarte les ongles en l'air et l'autre ployé comme un panache au-dessus de la tête. Ils croisèrent le fer illico. Très concerté quoique colère, le militaire à qui l'on avait jadis enseigné que la ligne droite est le plus court chemin d'un point à un autre, guettait le moindre écart, combinait un arrêt et ne s'inquiétait guère des feintes multiples du civil, oui ; mais celui-ci, toujours goguenard, ne se fendait jamais à fond et déroutait constamment la flamberge dirigée vers sa gorge ; enfin, se développant, du plat de son bancal d'ancien modèle et beaucoup moins long que celui de son antagoniste, il gifla le faquin sur les deux joues en lui décochant des malices : « Ça, 1°, d'abord, afin de t'apprendre à respecter mes rubans et leurs pendrilles ; ensuite, 2° pour t'enseigner, blanc-bec, la politesse à l'égard des poilus de mon acabit ! » Tout à coup, le « morveux, » mené tambour battant et criblé de lardons, s'enflamma. Vingt

coupés, autant de dégagés adressés au
vieux persiffleur dont le moulinet, rapide
comme l'éclair, trompait les plus directes,
les plus savantes estocades, n'obtinrent
aucun succès et le « raisiné ne coulait pas
encore ! » Une entaille ébrécha soudain le
nez au réac qui rompit, et le communard
cria : « 3°, cette balafre pour m'avoir
craché tes salives au bec ; elle ne déplaira
point aux fendantes du sexe et tu pourras,
auprès d'elles, faire encore le joli cœur ! »
Ainsi turlupiné, le bellâtre perdit toute
mesure et toute loyauté : sa main libre
cherchait le revolver qu'il avait à la ceinture. « Oh ! pas de ça, Lisette ! » Et
détournant une furieuse botte qui l'eût
percé de part en part, l'allègre habitué des
barrières lança ce mot bien senti : 4°, cette
boutonnière pour t'être permis de bassiner
maman la Commune ! » et d'un coup de
banderole gentiment asséné, décousit le
flanc au roide poseur des boulevards qui,
les intestins hors du ventre, roula sur le

carreau. Terrassé, ce rageur parvint néanmoins à décrocher son pistolet et l'amorça :
mais, prompt comme la foudre, le loustic
lui posa les orteils sur les phalanges et les
lui clouant sur l'estomac : « A présent,
souffla-t-il en guignant les pousse-cailloux
témoins de ce singulier duel, en voilà
positivement un, mes mignons, qui ne
mécanisera plus personne ; il a son affaire,
et j'attends la mienne ; aïe donc, ne vous
gênez plus ; si ça vous arrange, canardez
Bolivar Yxglu...

— Garde à vos ! râla le butor étendu sur
les omoplates au milieu de la chaussée ;
armes au bras !

Incontinent une rangée de carabines
s'abaissèrent vers le vieil insurgé qui,
brandissant sa lame sanglante, ajouta,
toujours jovial :

— En joue !... feu !

Sur douze, quatre fusils seulement par-
tirent comme à regret et, seul, un des
quatre porta.

— Très réussi ! Ça y est ! une balle en plein coffre... Ohé ! mes petits agneaux, adieu ! vous serez toujours tondus ; il paraît que c'est votre vocation... Ho ! là, là, qué chance !...

Et le bon bougre expirant s'assit sur les côtes du mauvais coucheur qu'il avait si prestement mouché devant tous, et refroidi.

Mars 1882

Justïn Capûs

— 1874 —

JUSTÏN CAPÛS

FERRUGINEUX entre tous les affluents de la Garonne en laquelle il se perd au delà de Boudou par son unique embouchure, le Tarn, né dans les Cévennes, au Mont-Lozère, après avoir arrosé Milhau, Gaillac, Albi, Villemur, Montauban, et déjà reçu depuis sa source la Dourbie, le Dourdou, la Rance et l'Agout, roule au pied des splendides mamelons de La Française et de Camparnaud ses ondes rouges et fumantes comme le sang des vignes riveraines et celui des terriens d'alentour, où, sans se confondre avec elles, fluent dans le même lit les flots invariablement jau-

nes du Tescou et ceux toujours verts de
l'Aveyron absorbés à la pointe du Saula,
rencontre à Sainte-Livrade une double
ligne de barrages qu'il franchit et puis se
heurte, accru de divers ruisseaux, tels
que le Lembous, l'Anet et le Lemboulas,
aux digues monumentales du moulin de
Moissac :

— Un habitacle des plus cossus, affir-
ment les rustres des environs, admiré de
tous à plus de trente lieues à la ronde et
bien famé...

C'est un vaste édifice sans ornements,
bâti sur pilotis et sous les voûtes de ses
inébranlables assises passent toutes les
eaux de la rivière qui, si longtemps, ani-
mèrent les puissantes roues hydrauliques
motrices de ses vingt-quatre meules de
grès, ronflant alors de l'aube au crépus-
cule, en toute saison. Aujourd'hui tout est
bien changé là! Non moins silencieuse
que ces farouches moustiers où croupis-
sent encore trop de moines oisifs et que

ronge le feu charnel, l'usine adossée aux
talus d'une grève qu'embaument les parfums du cytise et qu'ombragent des ormes
séculaires peuplés de becs-fins, y chantant depuis les premiers soleils d'avril
jusqu'aux approches du solstice d'été,
plonge toujours ses piliers de granit dans
les remous limoneux qui la baignent,
mais à ses portes étoilées de clous et garnies de heurtoirs en fer forgé ne se pres-
sent plus en foule les chars à bœufs, les
charrettes limonières attelées de cinq à
six étalons en arbalète, ni les bêtes de bât,
ânes, mules et juments qui, naguère, y
entraient, en sortaient chargées de sacs de
grains ou de farine. Ah! c'est qu'elle
n'expédie plus, de même qu'autrefois, ses
moutures au Midi de la France ni dans
les deux Amériques! Son commerce déjà
réduit par la concurrence de beaucoup
d'établissements installés au cœur des ré-
gions limitrophes de la localité, les Yan-
kees l'ont ruiné totalement en jetant sur

12.

nos marchés des bords de l'Océan, non-
seulement des blés d'outre-mer moins
coûteux que les nôtres, mais aussi des fa-
rines sinon supérieures, au moins égales
à celles du pays estampillées des meilleures marques. Si les maîtres-meuniers
et les minotiers de la localité, vaincus par
l'étranger, ont baissé pavillon, ils ne souf-
frent guère en somme de l'anéantisse-
ment de leur industrie. Enrichis par tout
un peuple d'actifs et fidèles serviteurs, ils
mangent leurs rentes sans entamer le ca-
pital et, pour eux, le chômage du grand
tric-trac de la contrée ne les empêche aucunement, mariés ou non, de s'empiffrer
très souvent, en compagnie des noçeuses
de la Guyenne et du Languedoc, ainsi que
par le passé. Quant à leurs anciens sala-
riés, les débardeurs, les bateliers, les
charrieurs, c'est une autre paire de manches; ils ont maigri, ceux-là, n'ayant,
après vingt-cinq ou trente ans de travail
acharné, ni le moindre lopin de terre à

cultiver, ni même un sou vaillant, et la plupart de ces « valets » errent tout désœuvrés et faméliques autour de la colossale bâtisse autrefois si bruyante et maintenant muette, où maint patron s'est engraissé de leur besogne aussi dure que celle des forçats, et de la sueur sanguinolente qui, pendant un quart de siècle, a coulé de leurs corps endoloris.

— Eh bé! vous, eh bé! s'écriait, il y a quelques mois, un de mes compatriotes que j'affectionne pour sa franchise à toute épreuve et sa rare délicatesse, est-ce bien vrai, cela?

Le majestueux et rustique septuagénaire, à qui avait été adressée cette interrogation, ex-farinier de la glorieuse manufacture éclipsée, se leva, regarda le ciel, la terre et l'eau, retomba sur le banc de pierre scellé dans une paroi de briques au seuil des hangars encombrés jadis de charrois, et répondit :

— Oui, fillot, oui méou!

Nature primitive et fruste entre toutes, cet âpre tâcheron, aussi rugueux,
aussi doux que le paysage ambiant, était
là vraiment fort bien dans son cadre et
semblait non moins inhérent à la rive que
les arbustes et les plantes aquatiques d'a-
lentour. Ayant servi cinquante-deux ans
sous ce toit quasi-désert, il demeurait tout
à côté dans une hutte au-dessus des berges, inamovible et résistant, tel que les
blocs de calcaire sur lesquels s'érigeait la
« moulinasse. » En dépit de ses soixante-
dix ans et quoiqu'il eût abondamment
neigé sur sa tête de romain, noueux et solide comme les chênes qui donnèrent leur
nom à notre province, il n'avait rien de
sénile encore et, Ventre-Dieu! nul poussin n'apprendrait la musique à ce crâne
coq! Que des faix écrasants longuement
appliqués sur ses épaules athlétiques l'eussent tassé sur lui-même en enfonçant son
cou d'Hercule dans sa poitrine velue
comme le fanon des bufles, soit, oui, d'ac-

cord! et qu'à force de supporter le poids
de ses reins toujours pliés sous des balles
pesant de deux à trois quintaux, ses jambes semblables à des colonnes lui fussent
un peu rentrées dans le ventre, il se sen-
tait néanmoins de la poigne et du courage
autant qù'en sa jeunesse, et la panse ainsi
que la caboche toutes pleines « d'inno-
cence, » attendu qu'il n'avait jamais failli,
lui, Justïn Capûs, aucun n'en ignorait,
et, par sa simplicité patriarcale, il s'était
acquis une belle réputation; assez volontiers, on vantait partout ses exploits, entre
autres celui-ci qui le popularisa légitime-
ment dès sa maturité. Festinant avec
quantité de ses pareils aux étangs de Bu-
dail, le lundi de Pâques, il avait, lui, plus
sobre d'ordinaire qu'un baudet, « empli
toute sa contenance » et digérait tranquille
au milieu de ses commensaux, heureux
comme eux d'avoir au moins une fois en
sa vie bu selon sa soif et mangé selon sa
faim. Mais voici que des sons indécents

frappent son oreille, il entr'ouvre ses paupières mi-closes et de l'autre côté de la table aperçoit un malotru qui feint de se
torcher le dos avec ce qui restait d'une
énorme miche dorée. Une telle indignité
lui parut sacrilège, à lui qui, de même
que les pasteurs et les semeurs antiques
adorateurs de Pan, honorait et ·vénérait
cette féconde mère qui, toujours géné-
reuse, nourrit du fruit de ses entrailles
chacun de ses fils, même les ingrats qui
la méconnaissent ou l'outragent. « Enfants, s'écria-t-il en se dressant, terrible et
solennel comme un juge biblique, il est
mal d'en agir ainsi, rien de plus laid à
mon sens, il faut respecter les dons de la
terre et quiconque outrepasse cette loi,
mérite d'être puni ; toi, là-bas, pacant,
tâche de ne pas recommencer ou gare ! »
Impertinent et comptant d'ailleurs sur ses
muscles d'acier, l'autre, au lieu de se confondre en excuses, foule sous ses orteils la
croûte et la mie du chanteau, puis crache

dessus. En un clin d'œil, l'impie fut col-
leté. La lutte ne dura guère, elle allait se
terminer par l'exécution du coupable sur
la gorge de qui s'appuyaient deux genoux
furieux ; soudain, aidé par quelques-uns
de ses camarades qui s'interposent, il se
dégage et redoutant la colère du justicier
dont le poing formidable s'était abattu sur
une cloison qui croulait, il se précipite, afin
de se soustraire à la massue de nouveau
levée sur lui, par une fenêtre grande ou-
verte et choit au fond d'une lagune où
grouillent pêle-mêle des têtards et des
rats d'eau ; le vengeur l'y suit par le
même chemin et l'ayant saisi sous les aisselles en pleine bourbe, l'en retire presque
asphyxié, puis le traînant devant les convives accourus, il le contraint, en leur
présence, à demander pardon au Seigneur
Dieu le Pain !...

— Ainsi donc, parrain, reprit le visi-
teur, ça ne marche pas ici ?

— Du tout, du tout, les turbines ne

vont plus, il y a près de trois ans qu'on
n'a pas réparé d'aubes ni d'augets et les
gabares moisissent loin des écluses. Sang-
Bleu ! Pendant que spahi, contre ton goût.
tu traquais les moricauds là-bas, au diable, ici la dégringolade commençait, et
nous avons pâti ferme en ces parages depuis que tu habites la Capitale. Il a dû te
renseigner sans doute à ce sujet, ton papa,
mon loyal compagnon. Nenni ! Tout n'est
pas rose en ce monde et l'on se lasse d'es-
pérer quand on souffre trop ; pourtant, à
ce qu'il paraît, nous toucherions à la fin
de nos misères. On parle de rouvrir la
boutique ; en ce cas, adieu les soucis et
vive toi, moi, celui-ci, celui-là, les autres
et tout le monde enfin !

— Ne vous y fiez point ; en effet, on
en eut l'intention. mais on y a renoncé.

— Renoncé, Sabbat dé Diou ?...

— Par malheur, oui !

Bondissant, hors de lui, se secouant
dans son sayon de toile blanche, le rude

bonhomme ajustait machinalement ses bragues usées jusqu'à la corde et tout à coup son mâle visage enfariné comme, autrefois, celui de quelque Pierrot des Funambules, se plissa douloureusement :

— Tu plaisantes?

— Hélas! non pas.

— Si fait!

— Oh non, certes!

— Si, si! tu ris?

— En aucune façon.

Une inexprimable angoisse détendit les mâchoires contractées du chenu mercenaire, et dans ses prunelles humides passa ce regard stupide et désolé des vaillants bœufs de labour à jamais sevrés de la charrue.

— Ah ça! mignot, tu penses, interrogea-t-il en surmontant sa torpeur, qu'on n'ouïra jamais plus de tic-tac là-dedans ; Explique-toi, voyons?

— Hé bien, écoutez...

Il ne fut pas aisé de dissuader ce digne

13

et robuste rural en cheveux blancs à qui
chaque parole entrait au cœur comme un
couteau. Ne comprenant absolument rien
aux vicissitudes des empires non plus
qu'aux révolutions scientifiques ou com-
merciales, illettré, ne sachant même pas
ce qu'on entendait par exportation, impor-
tation ou transit, il s'était toujours figuré,
dans son chauvinisme héréditaire, que si
nous avions eu le dessous sur les champs
de bataille, l'unique faute en était « à ce
maréchal de pacotille, espèce de guerrier
sans amour-propre et sans vertu, qu'on
aurait dû mettre en cage à l'instar des
hyènes et des vautours, » et que l'é-
tranger, incapable de nous affronter en
rase campagne, ainsi que sur nos marchés, serait battu bientôt à plate couture
en tous lieux, et que par conséquent la
grande et malheureuse France redevien-
drait prospère... et qu'à Moissac en Quercy
le chômage ne s'éterniserait pas ! Or, voilà
maintenant que ses tenaces illusions s'ar-

rachaient de lui toutes ensemble et l'a-
bandonnaient une à une...

— A l'âge que j'ai, faudrait-il donc
m'expatrier, *pitchounot*, et quitter tout ça !
soupira-t-il en embrassant d'un coup d'œil
circulaire les plaines grandioses se dérou-
lant à ses pieds et les magiques montagnes d'alentour réfléchies dans les limpides profondeurs du fleuve aux bords duquel
les siens, tous les siens et lui-même étaient
nés, ô toi, très savant, toi, le fils du seul
de mes camarades qui partageait avec
moi sa pitance à peine suffisante pour lui,
toi, filleul, apprécie et juge sainement ma
position, elle n'est plus tenable, et trois
fois miracle si je suis encore là ! Depuis
six ans, toutes mes ressources consistent
dans l'hectolitre d'orge, de seigle, de
maïs ou de sarrasin que me sert chaque
mois à titre de pension le richard à qui
j'en ai peut-être fait gagner un million.
On n'a que ça pour vivre, rien que ça. Ce
n'est pas trop ni même assez. Encore si ma

fière marmaille était là ! Je lui rendrais
bien en trimant la soupe et la piquette
qu'elle m'aurait fournies, soit l'hiver, soit
l'été. Partis mes trois gars ! ils dorment à
côté de ma femme en un coin du cimetière ; et ma fille unique, il vaudrait peut-
être mieux qu'elle fût morte aussi. Quelqu'un lui avait juré qu'il l'aimait, elle
crut cela, son sang l'étourdit, elle ne ré-
sista plus à qui lui promettait mariage et
le brigand était marié. Pécaïre ! Elle fila
vers Bordeaux avec la demi-créature qui
respirait en son sein, et les dernières nouvelles que j'en eus datent de l'autre fenai-
son, un an tout à l'heure. Elle me manda
qu'elle me chérissait tant et plus, qu'elle
me serait dévouée jusqu'au dernier soupir,
mais qu'elle n'oserait jamais reparaître en
ma présence. Ainsi, me voilà seul, tout
seul, la bicoque où je réside ne me rappelle
guère que des deuils et pourtant j'aurais
bien souhaité d'y finir. On peut à l'occasion être utile à beaucoup de gens en ces

contrées. Il y en a toujours qui sont expo-
sés à se noyer et d'autres à se brûler, aux
environs. Aussi fin nageur que bon pom-
pier, j'en ai sauvé plus d'un qui pintait à
tire-larigot en pleine limonade ou qui se
rôtissait en quelque étable. Etre fort
comme un cric et ne pas trouver d'ouvrage,
ah, c'est ça qui m'extermine ! on m'en a
refusé partout, et pourquoi? Mon cher, en
voici la raison : « Un jour, on me deman-
dait auprès de Saint-Pierre-ès-liens si
j'étais rouge ou blanc, ou bleu ? Je ripos-
tai que je ne m'occupais pas de politique
et que toutes les couleurs m'étaient égales.
Seulement, ajoutai-je, à mes yeux de répu-
blicain qui ne fait pas métier de son opinion, il n'y a qu'une chose d'intéressante :
il convient que si le riche vit les bras
croisés, le pauvre, lui, vive en travaillant,
et s'il est infirme, qu'il soit entretenu.
Mendier, on préférerait être décapité, nom
dé Diou !...» Ma repartie ne plut à personne,
et je n'en reviens pas ; c'est si juste cepen-

dant; tous, si nombreux que nous soyons sur
cette boule où nul n'a réclamé l'avantage
de croître, ne sommes-nous pas tombés de
la verge du même père, en admettant que
quelqu'un du ciel nous ait créés, ou sortis
du sein de la même mère, en supposant,
ainsi que l'enseignent une masse de
sapients, que la terre, cette noble femelle,
nous ait enfantés sans avoir eu le
moindre commerce avec un mâle de là-
haut ou d'ailleurs. Si, donc, nous prove-
nons de la même source, où quelle soit et
quelqu'elle soit, au-dessus de nos fronts
ou sous nos orteils, il est clair qu'en ce cas
la peau du gueux est la sœur de celle du
capitaliste et qu'entre frères celui qui possède est tenu de soulager celui qui n'a pas.
On m'impute à crime une telle croyance
et personne ne me pardonne d'avoir osé
penser et parler ainsi; je n'y conçois rien
et j'en suis bleu! Bref, enfin voilà : Ce nid
autour duquel on a germé, poussé, grandi,
l'on n'y trouve rien à paître, et peut-être

serai-je obligé d'en déguerpir avant peu. Les
Gazettes qu'on m'a lues assurent que tous
les ans en cette ville des villes où tu vas
retourner, toi, menu, dès demain, il y a
chaque année un concours de domestiques.
S'il en est ainsi, j'irai là-bas. Honnête,
irréprochable, je m'en félicite, et d'ailleurs
n'ayant à perdre que ma carcasse, je la don-
nerai tout entière à qui m'emploiera... C'est
décidé !... Donc..., — et comme s'il avait
été sur le point d'accomplir son exode et
de consommer son suprême sacrifice, il
adressa un adieu prématuré à sa terre natale, en qui se concentrait tout l'amour
qu'il avait eu pour les membres disparus
ou dispersés de sa famille, — donc, un
signe, un mot de toi, je pars ; si l'on m'a
trompé, par hasard, et qu'au grand village
il n'y ait rien de mieux qu'ici, bonsoir !
en ce cas, on se boute une pierre au cou,
l'on s'engloutit, et ma chair aura du moins
engraissé les carpes et les aloses... Ah !
retire-toi, tout de suite, acheva-t-il en

sanglotant, va-t-en, je ne veux pas, conscrit, que tu voies pleurer un vétéran de
ma taille et de ma valeur...

Or, après m'avoir rapporté, vingt-quatre heures plus tard, cette confidence
dont il était encore tout ému, mon ami,
l'opiniâtre viticulteur Paul Tédié, lequel
délivrera, je l'espère, nos vignobles du
phylloxéra qui les ronge et les tue, me dit
textuellement ceci :

« Je suppose, en y réfléchissant, que
mon parrain, en parlant d'un concours de
domestiques, a voulu m'indiquer le prix
Monthyon ; essayons-y, tâchez qu'il l'ob-
tienne l'an prochain. »

Naïf, n'en déplaise à certains rusés qui
me mesurent à leur aune, naïf autant que
mon interlocuteur et son protégé, je me
chargeai de prôner ce candidat du travail
et de la misère et de la probité. Fidèle à ma
parole, je le recommandai de mon mieux
à quelques immortels qui se meurent
sous la coupole de l'Institut. « Tout homme

de peine, leur dis je, en vaut un autre, et
celui-ci l'emporte sur nous tous, si labo-
rieux que nous soyons. » Ils me promirent
tout, mais ne tinrent rien, ces messieurs si
bien emmitouflés, et Justïn Capûs s'en alla
dans l'autre monde ainsi qu'il était venu
dans celui-ci : nu comme un ver. *Re-
quiescat in pace!* Qu'il n'en soit plus
question. *Amen.*

Août 1882

200 0|0

— 1876 —

200 0|0

ŒUFS sur le plat, à la coque, en omelette, en salade, brouillés ou durs,
bœuf aux choux, en daube ou simplement
bouilli, foin ou paille en ratatouille ou tiges
de bottes au beurre noir, et, pour arroser
cela, du picton à seize le litre ou de l'eau
de Seine, filtrée ou non, on se bourrait,
jadis, de n'importe quoi, car, alors, en vrai
poète épique et romancier hyperlunaire,
on eût stupéfié par l'excès de sa frugalité
le plus rigoureux des Spartiates et le plus
sobre des aliborons, oui ; mais, aujourd'hui
que par la grâce de l'X... et la volonté
nationale, on est l'un des 533 roitelets qui

piaulent sur le char de la République des Bobèches et la gouvernent à la Robert Macaire, on a le palais moins insensible et l'estomac moins endurant ; aussi, ma foi, se régale-t-on des plus fines victuailles et des crus le plus propices à... la bagatelle !

Et le député presqu'imberbe de Font-Clare effleurait d'un ravissant coup d'œil circulaire la kyrielle de poudreux flacons qu'il avait taris en compagnie d'un sien cousin germain, frais émoulu de la Faculté de droit, auquel s'adressaient ces paroles et d'une paire de demoiselles très polygames ou plutôt très polyandres qui, depuis cinq à six minutes, s'étaient envolées à tire-d'aile, avec des cris d'oiseau.

— Bref, ânonna fort éméché, le défenseur en herbe des veuves et des orphelins, à présent tu rigoles, est-ce pas, mon vieux ; te voilà parfaitement arrivé ?

— Pas du tout !... on ne décroche pas

la timbale comme ça ; non, non, je ne
suis pas encore assez stylé pour grimper
au mât de cocagne parlementaire où s'es-
criment tant d'honorables, mes collègues ; il y en a plusieurs d'une malice et
d'une agilité mirobolantes dont je reçois
chaque jour des leçons que je t'appren-
drai plus tard, dès que tu seras aussi toi,
représentant de ce bon peuple français...

— Oh! moi, tu sais, en politique, aucune espèce d'opinion...

— Ni moi non plus ; seulement il faut
bien en adopter une pour faire son bout de
chemin, et la plus radicale est, à mes yeux,
la préférable ; on commence par amorcer
les gogos des faubourgs qui récolteront
toujours le coq de la bourgeoisie qu'ils
auront semé, puis à la Chambre, on siège
au centre gauche où se dissimulent tous
les aigrefins qui ont le bras long, et
c'est là que tu nicheras aussi comme moi,
morbleu !...

— Que me chantes-tu, toi, la coqueluche des démagogues à tous crins ?...

— Une, ou plutôt la même romance qu'ont toujours serinée les rossignols du Juste-Milieu, nos prédécesseurs à qui tu succèderas certainement et dont tu répéteras bientôt les fredons, si tu ne t'amuses pas à crever de faim.

— Avec les subsides que me fournira mon banquier naturel, il n'y a pas de danger que je tombe dans la dèche et je présume que je ne mangerai jamais de la vache enragée...

— Eh ! te contenterais-tu par hasard, de veau phthisique ou de porc ladre, ou de moutons galeux, et dans quelles gargottes !... On est parents ou bien on ne l'est pas et puisque nous le sommes, je te piloterai. Demain, vers midi, nous te présenterons à Quincau...

— Connais point.

— ... Théodoric Quineau dit 200 0/0, exquis et généreux barbon, un usurier

sans pareil, le lanceur des politiciens novices et mon invariable ami !

— Zut ! tu plaisantes.

— A tout bébé dont le papa possède,
ainsi que le tien, un bel immeuble au soleil, il offre un crédit illimité...

— Bah ! vraiment ?

— En vérité ! tiens, sans lui, je rimerais
encore à trente pieds au-dessus du sol, en
quelque mansarde humide et froide, des
sonnets, des idylles, des églogues, des odes
ou des épîtres comme tant de nigauds qui,
loin d'en vivre, meurent de ces travaux
ingrats. Si le sort de ces maniaques t'a-
gréait, tu ne serais pas difficile... En ce
temps-ci, vois-tu, tout appartient à qui se
résout à jeter par la fenêtre ce qu'il a.
Cette manière de procéder constitue le
meilleur placement de fonds. Exemple :
moi ! Si tu m'écoutes, avant un lustre,
huit ou dix mille électeurs obtus auront voté
pour toi ; mais afin d'obtenir ce résultat,
il importe de fréquenter assidûment ma

Providence en chair et en os. Il y a chez cet incomparable industriel en bésicles vertes et les joues garnies de deux côtelettes poivre et sel, auprès desquelles celles du noiraud, l'aîné des Fruxy, ne sont que de la gnognote, il y a beaucoup de tes futurs confrères, avocats sans cause qui ne tarderont pas à devenir les aigles du barreau, des médecins sans clientèle à qui, pour la moindre consultation, on versera prochainement trois ou quatre louis en rougissant d'une si maigre offrande, et des nuées de folliculaires prêts à vous pistonner ici comme là pourvu qu'avec eux on soit gentil ! Le digne spéculateur à qui je me propose de te recommander de mon mieux ne se borne pas, certes, à vous gaver de viandes et de crèmes, vous et les gueuses qui vous débinent et les écornifleurs qui vous flagornent, il vous procure aussi des chemisiers, des tailleurs, des orfèvres, des voitures et des grooms...

— A quoi bon tout cela ?

— Tu me le demandes, animal ! Aux
clubs et partout où triomphent les braillards, si une mise négligée est de rigueur,
il sied dans le monde d'avoir ou de paraître
avoir du linge. En bas, en vous applaudissant à tour de bras, les Sans-Culottes
hurlent à pleins poumons : « Un zig,
celui-là ! ficelé comme quatre sous ! à la
bonne heure, il n'est pas fier, lui ! » là-
haut, chez les Muscadins, au contraire,
on vous sait gré de votre dandysme et
l'on chuchote ainsi : « Très distingué, ce
jeune tribun ! Avec l'influence qu'il exerce
sur les masses, il ira loin ; n'ayons garde
de lui déplaire, accaparons-le ; importante
recrue ! il sera notre homme-lige ; en le
servant, nous nous servirons nous-mêmes ! » Sous peu, va, dominant ici par la
gueule et là par le chic, tu sentirais, après
avoir rugi devant la canaille au fond d'une
turne de Belleville ou de Mouffetard, combien il est doux, à l'angle d'un salon, de
susurrer des madrigaux à l'oreille des

matrones de la noblesse et plus doux
encore à celle des Vierges de la finance ;
alors, alors, mon petit, tu reconnaîtrais
avec moi qu'à Paris, plus que partout ailleurs, en France : 1° les blagueurs sont les
mieux partagés ; 2° que l'habit fait au
moins la moitié du moine, et 3° que le plus
rapide moyen de parvenir à la fortune,
seul but de notre existence éphémère
hélas ! unique source de nos plaisirs, con-
siste à se ruiner...

— Un joli paradoxe !

— Erreur ; rien de plus exact. Interroge
tous ceux qu'un vent favorable conduisit
chez mon étonnant maltotier. Ambitieux,
à quoi la plupart d'entre eux auraient-ils
abouti, s'ils ne l'avaient pas rencontré sur
leur route et qu'ils eussent vécu comme
des cuistres, sans écorner le champ pater-
nel ? Ils végéteraient aujourd'hui, parbleu !
dans un coin de province en plaidant, saignant ou purgeant par ci par là. Je pense
qu'ils préfèrent avoir signé beaucoup de

reconnaissances à leur sauveur providen-
tiel. Lui, lui, magnanime, ayant pris
hypothèque sur leurs biens présents et
à venir, leur mit en mains le nerf de la
guerre, est-ce que la vie n'est pas un per-
pétuel combat ? et, grâce à ce précieux
auxiliaire, ils ont bataillé, vaincu. Regarde!
Un tel est député, tel autre ambassadeur ou
sénateur, conseiller d'État, ou préfet, ou re-
ceveur général et presque tous ont épousé
des héritières dont la dot est inépuisable; en
outre, ils patronnent de leurs noms, ignorés
hier, aujourd'hui fameux, des sociétés
financières, les meilleures pompes aspi-
rantes qu'on ait inventées pour extraire la
monnaie des poches du public ; un d'entre
eux, naguère, fut bombardé ministre ; en
trois mois il fourra dans ses bottes plus de
foin que n'en mangeraient en un siècle
tous les ânes d'Auvergne, ses compatriotes;
enfin, aucun de ces prodigues-là ne doit
plus un radis à personne.

— Ils ont payé leurs dettes ?

— On finit toujours par là ; le sachant très bien, le vénérable estafier en question se frotte les mains et continue son ravissant commerce. Ah ! nous l'avons tous tant grugé, ce pauvre diable, qu'après avoir marié ses trois filles à d'avides agents de change, il lui reste assez de pièces de cent sous pour en couvrir les mille hectares de ses fermes normandes ; allons !... es-tu décidé maintenant à te ruiner pour t'enrichir ?

— Absolument décidé.

— Fort bien !... Alors, une dernière goutte de fine champagne et trinquons, si tu veux, à la santé de cet admirable Quineau dit 200 0/0 qui t'en fournira les moyens ; ensuite, nous irons rejoindre au dodo nos belles qui sèchent d'impatience, sans doute !...

Ils burent, et très enflammés, sortirent bras-à-bras du café Russe, en se dépeignant les plus secrètes perfections de leurs maîtresses respectives.

— Eh ! mon cher, s'exclama philosophi-
quement l'élu des prolétaires, sur l'un des
trottoirs du boulevard des Capucines, à la
porte de l'hôtel où demeuraient ces folles
trafiquantes de leur propre corps ; si pour
défendre notre peau, des soldats nous sont
indispensables, il nous faut aussi des filles
pour la chatouiller un peu ; c'est, entre
nous ici soit dit, une nécessité physique
et... morale !

Mai 1881

Klüækœwr

— 1879 —

KLüÆKŒWR

BRUMEUSE en plein été, l'atmosphère du coteau m'enveloppait comme d'un linceul et l'humidité, qui depuis huit jours pénétrait les parois de mon ermitage enseveli dans la verdure, avait gagné mon cerveau. J'étais glacé sur ma chaise de paille, en mon cabinet de travail. L'averse tout à coup redoubla ; des fleuves coulaient le long des vitres, flagellées par les embruns que soulevaient et dispersaient de continuelles raffales et le ciel noyé s'obscurcit ; on frappait alors à l'huis du vaste atelier de peinture dont j'ai fait mon laboratoire d'écrivain.

— Entrez !

Une bonne parut, me tendit un pli; je le pris et j'y lus :

« Ayez, citoyen L. C., l'obligeance de m'excuser si je vous dérange ; tombé dans la plus grande détresse, je n'ai ni besogne, ni ressources aucunes. Veuillez, s'il vous plaît, prendre en considération la triste position de l'un de vos compatriotes qui vous serait éternellement reconnaissant de vos bontés pour lui : je suis, en attendant une réponse à votre porte, votre très dévoué serviteur,

« Rémi Klüækœwr. »

Originaire du Midi, comme on sait, j'épelai plusieurs fois ce nom germanique qui ne me rappelait rien, ni personne, et je fus tenté de ne pas recevoir l'importun ; néanmoins, attendri par le tour à la fois simple et lamentable de la supplique admirablement bien calligraphiée; et considérant d'autre part que par un temps pareil, il n'était pas permis de laisser même un chien dehors, incontinent je me ravisai.

— C'est qu'il n'est plus là, riposta la servante ; à déjeuner, ce matin, monsieur m'a recommandé de renvoyer les visiteurs et je m'en suis souvenue...

— Allez, courez, il ne peut être très loin et ramenez-le-moi !

Quatre ou cinq minutes ne s'étaient pas écoulées que j'entendis quelqu'un monter péniblement l'escalier, et bientôt une espèce de vagabond à la figure poupine et naïve comme l'ont nombre de riverains du Rhin, mais les yeux terriblement bridés, se dressa sur le seuil du local ; les loques crasseuses dont il était revêtu, ruisselaient, toutes trempées. S'apercevant que je ne le reconnaissais pas du tout, il s'écria :

— Je suis Rémi ! l'ancien saute-ruisseau de l'étude où vous fûtes second clerc, il y a vingt-huit ans !

— Oui... parfaitement... ah ! très

14.

bien ! Eh ! mon Dieu, d'où sortez-vous
ainsi ...

— Fagoté ? ne vous gênez pas, c'est le
cas de le dire... On sort de la rue, on n'a
ni feu ni lieu. La faim chasse le loup du
bois et l'homme de dessus le pavé. J'ai
vu votre signature dans les journaux ;
un typo m'a procuré votre adresse et me
voici !

— Suivez-moi, répondis-je, et quand
vous vous serez un peu réparé, nous cau-
serons.

Ahuri de l'accueil, il me regarda ; ses
paupières, enflammées et boursouflées,
s'étaient emplies de sang et d'eau ; je le
conduisis en bas, dans la salle à manger
où ma femme et mes fillettes s'empressè-
rent de lui offrir nos meilleures provisions.
Il déjeuna très sobrement, très discrète-
ment et tel fut ensuite son récit à peu près
mot pour mot :

« Enfant de troupe, et puis engagé volontaire, j'ai servi douze ans en Algérie,

et trois ans en France, dans les hussards,
les lanciers, les chasseurs d'Afrique, enfin
dans les escadrons de marche en 70-71. A
Sedan, le lendemain de la déroute, je m'é-
chappai des mains du Prussien, rejoignis
d'Aurelles sous Orléans, et combattis avec
Chanzy, jusqu'au Mans ; après l'armistice
et la paix, je revins en Kabylie, et quand
les indigènes se furent soumis, on me li-
béra. Mon père, alsacien, ex-trompette
major du 1er tringlots, vivait encore dans
la ville où vous et moi, nous sommes nés.
A peine, de retour à Montauban, l'eussé-je
embrassé qu'il expira, désolé de ne pouvoir me léguer sa retraite de sous-officier
et sa pension de légionnaire. Il ne me restait plus que mes bras et je cherchai longtemps à les utiliser. Enfin un bouilleur de
cru m'agréa, mais au bout d'un mois,
sans explication, il me chassait. Et pourquoi ? peut-être à cause de la seule faute
que j'ai commise en ma vie ! On était en
Bourgogne à cette époque et maréchal des

logis. Astiqué, ficelé, pommadé comme
tous les blancs-becs de mon grade et de
mon âge en garnison à Dijon, il paraît que
je ne déplus pas à l'épouse d'un cafetier à laquelle beaucoup de mes supérieurs avaient,
en pure perte, fait les yeux doux quelque
peu. Paris, où je n'avais encore jamais
été, m'attirait. Ayant obtenu un congé, je
m'y rendis avec cette blonde et m'oubliai
quarante-huit heures de trop auprès d'elle.
A l'Opéra, reconnu, certain soir, par des
lieutenants de mon arme, en permission,
eux aussi, je fus dénoncé net, arrêté sur-
le-champ et reconduit au corps le surlen-
demain. Un conseil de guerre condamna
le *déserteur*. Il fut expédié sans retard
dans une compagnie de discipline à Sétif
où, pendant dix-huit mois (si je n'avais
pas été fils de décoré, j'en aurais eu pour
cinq ans), il médita ferme au milieu des
Camisards, ses nouveaux compagnons,
sur l'inconvénient qu'il y a pour un su-
balterne en galons, d'être le fortuné rival

d'un tas de freluquets qui portent l'épau-
lette. Un très gros crime, est-ce pas ? que
cette incartade... Oui, mais revenons à
nos pays ! Ils furent si peu gentils envers
moi ces jouisseurs débridés et si peureux
cependant du qu'en dira-t-on, que leur
ayant tiré sans regret ma révérence, je
retournai comme civil chez les Maugra-
bins. Employé là comme poseur de rails,
j'y récoltai les fièvres paludéennes, dont
on ne guérit qu'en Europe, et de Constantine je fus évacué par les soins de la
Compagnie sur Toulon où je croupis cinq
semaines au fond d'une léproserie. Aussitôt sur pied, j'écrivis au directeur de la
ligne en voie de construction, et ce richard
eut l'affabilité de m'envoyer faire f... en
daignant m'annoncer que ma place était
prise. En Provence, rien à brouter, et je
visitai le Languedoc. A Montpellier, on
trima près d'une année en qualité de po-
rion, et de l'Hérault je passai dans le Lot
où l'on manquait de mineurs de pierre ou

plutôt de carriers pour le percement de plusieurs tunnels. Assez grêle et même malingre, habitué d'ailleurs à des travaux moins accablants, je retombai malade à 400 kilomètres S.-S.-O. de la capitale et l'on m'admit non sans bien des giries à l'hospice de Limoges, où rétabli, je restai comme aide-infirmier auxiliaire, aux appointements de 4 fr. 50 c. par quinzaine ; il est vrai que là, j'étais nourri, blanchi, couché, mais quelle galère à ramer ! et puis j'avais effarouché les sœurs, car, ancien troupier, je sacrais parfois comme un païen. « Au revoir, mes révérendes, leur dis-je un beau matin en les saluant, » et je filai sac au dos et bâton en main vers l'Est. Après quinze jours de marche, j'entrai par une belle soirée d'avril à Paris, non plus en fringant sous-off. comme jadis avec ma conquête, mais en très piètre équipage ; et là, vrai va-nu-pieds, j'appris positivement ce que c'est que de crever de faim !... »

Hors d'haleine, il s'interrompit, toussa comme un pulmonique et considéra par les trous dont étaient criblés ses fétides haillons la peau terreuse de ses bras aussi déchar- nés et guère plus gros que des baguettes de tambour...

« On est anémié, reprit-il en ramenant sur ses tempes dénudées quelques mèches de cheveux adhérents à la nuque et qui lui demeurèrent presque tous dans les doigts, on est avarié fortement et ça va de soi. Songez donc que depuis cinquante jours je n'ai reposé qu'une seule fois dans un lit et quel lit ! à l'asile de nuit où l'on m'éveillait à chaque minute pour que je récitasse des litanies que me soufflait une vieille culotte de peau tombée dans l'eau bénite. Ecoutez et retenez bien ça ! Nous sommes des cent et des mille là-bas, à deux lieues d'ici, logés à la même ensei- gne, et dormant ou plutôt non, car ce nous est défendu, mais circulant à la belle étoile. Oui, qu'il pleuve, grèle ou vente, en cette

merveille du monde où le rastaquouère
fleurit, telle est la chienne de vie qu'y
mènent tous ces meurt-de-faim dont je
suis peut-être l'ornement, oui ; car la plupart sont illettrés et je leur sers de secré-
taire général. Au déclin du soleil on rôde,
on campe aux abords des théâtres, surtout
au Français. Une fois là, pourvu que
nous n'ayons pas trop l'air de ce qu'en
réalité nous sommes, il nous est loisible de
nous étendre, oh ! non, de nous asseoir
sur les bancs de la placette et d'étancher
notre soif aux fontaines Wallace. A minuit
il faut se lever et courir aux grands boulevards où quiconque est ainsi que moi
fichu comme quatre sous, risque fort d'être
ramassé, s'il s'arrête. Ensuite, après la
fermeture des cafés, on surveille ceux
d'entre nous qui ne brûlent pas le pavé de
même qu'un cheval flairant de loin la crèche et la litière. On trotte donc à l'aven-
ture et de façon à se trouver aux halles à
l'arrivée des maraîchers. Une corvée se

paie six sous l'heure, et c'est fête alors !
Si l'on n'a pas d'ouvrage, on fait semblant
d'en avoir, afin de ne pas offusquer l'ar-
gousin. En mai, j'étais une nuit esquinté
tellement que je m'assoupis dans les latri-
nes publiques. Un inspecteur m'en ôta
presqu'asphyxié; puis des gourmades et
des coups de talon de botte en veux-tu en
voilà ; j'en eus les flancs bleus jusqu'au
1er juin! Au cas où près de Saint-Eustache,
il n'y a pas moyen de gagner quelques
ronds, on descend vers la Seine où les maîtres de bateaux vous engagent. On dé-
charge du sable ou de la caillasse, ou des
chevrons, ensuite on s'affale sur les quais
et l'on y ronfle un brin sans être inquiété
par les gaffes ou les flicquarts. Oui, mais
le plus souvent on est venu là pour rien et
l'on tire du côté de la *Belle Jardinière* où
l'on fait queue sur le trottoir de cinq à huit
heures du matin pour y toucher un bon de
pain de dix centimes. Il en est distribué
quotidiennement cinq cents. Hélas, il y a

beaucoup d'appelés, mais peu d'élus ! Si
l'on n'est pas venu trop tard, on se rend
chez le boulanger avec son papier au bout
des doigts. En tout cas, à jeun ou non, on
file vers les fortifications et chacun profite
du droit qu'il a de s'allonger sur les talus.
Si le ciel crève et fond comme aujourd'hui,
par exemple, ah, tant pis ! on pionce là
tout de même jusqu'à la brune, après quoi
l'on recommence le même manége que la
veille avec la perspective de continuer
ainsi le lendemain. Nom de Dieu ! quelles
trombes j'ai gobées. Où se sécher ? au soleil ?
Il pleut encore ; et votre frac humide reste
collé sur vos os jusqu'à la prochaine em-
bellie : avec ça pas de rhume, aucune
fluxion de poitrine, aucun bobo. S'il y a
un Dieu pour les ivrognes, il y en a peut-
être un autre pour les gueux. Ah ! la sa-
crée providence ! une fameuse fainéante,
oui ; toujours au milieu des vignes et
jamais en train ! nous sommes une masse
de rigoleurs tout prêts à l'attester en pré-

sence de n'importe qui, n'importe où, quand
on voudra... »

Nouvelle pause, et brusquement il
poursuivit ainsi :

« Bref, fatigué de cette délicieuse existence qui n'en est pas une, on vient solli-
citer mieux ici. Débardeur, commission-
naire, gâcheur de plâtre ou de mortier,
voire vidangeur, on accepterait tout, tout!
Une place? autant vaut chercher une aiguille dans une botte de foin. Il y a rue
J.-J. Rousseau sur le portail de l'imprimerie Dupont, une pancarte manuscrite
où figure l'adresse de tout industriel ou
commerçant en quête d'employés. On con-
sulte fréquemment cette affiche que, nous
autres de la pègre, nous appelons : un
furet. Étant données les nippes élégantes
dont je suis orné, partout où je me suis
présenté, refus; et, si j'insistais, injures
et menaces. Aux mairies des vingt arron-
dissements où s'inscrivent les aspirants
au balayage, un ambitieux tel que moi ne

connaît pas de bornes! on me répliqua que
l'on ne soldait les titulaires qu'au bout de
six semaines. Si j'avais pu jeûner pendant
ce laps de temps, j'aurais signé. Mais
nisco! D'ailleurs on n'embauche guère là
que des Belges et des Allemands, attendu
que ces étrangers ayant des économies,
adhèrent tout de suite au programme im-
posé. Ne sachant plus où frapper, naguère
je me rendis à Clichy dans un établissement où l'on broye la céruse destinée aux
peintres et bien connu sous le nom de *la
colique*. Il y a vingt ans les condamnés à
la surveillance obtenaient de séjourner à
Paris à la condition qu'ils travailleraient
au broyage; aujourd'hui la misère étant
plus grande et les honnêtes gens moins
difficiles, on s'y dispute la moindre va-
cance, dont on tire vite de magnifiques
avantages, savoir : une diarrhée inévita-
ble à bref délai, puis l'hôpital où l'on trépasse 99 fois sur 100, mais où, si l'on en
réchappe, on a les vivres et le couvert

pendant une trop courte convalescence.
Eh bien, là, retoqué comme ailleurs! On
n'a pas d'idée de ma chance! En déses-
poir de cause, on a pensé souvent à tour-
ner l'arme à gauche. Au bois de Boulo-
gne, il y a certain massif où mes pairs se
pendent; je m'y accrochai, la corde cassa.
Vingt-quatre heures plus tard, devant le
Trocadéro, je plongeai dans la Seine, un va-
peur sur qui je comptais ne me coupa pas en
deux, et un voilier me repêcha. J'ai changé
de goût à présent. On tient à vivre pour
voir comment tout finira. Ça ne peut pas
durer ainsi. Trop de misérables en cette
société. Gare le tonnerre! Il éclatera, c'est
sûr, et bientôt. Très décidé à ne pas partir
avant cela, je résiste à la famine et me
serrerai le ventre jusqu'à ce que je n'en
aie plus! Oh! j'en suis à peu près là...
Tenez, hier, aux Français, il tombait des
hallebardes aussi carabinées que celles
d'aujourd'hui, deux dames, cocottes, parbleu! car les bourgeoises vont à pied à la

comédie afin de se réserver quelques rubans de plus pour leurs chapeaux de gala,
deux fausses rousses sans cavalier recou-
rurent à moi, tant bien que mal abrité là
sous les arceaux. « Un fiacre : allez, dépê-
chez-vous de nous en procurer un, pauvre
homme ! » Autant par pitié que par l'espé-
rance d'un salaire qui m'eût permis de cal-
mer mes tripes vides qui grondaient, je me
lance sous l'ondée et galope jusqu'au Louvre où je hèle un cocher ruisselant sur son
siège comme en temps d'orage une gar-
gouille de la Tour Saint-Jacques. « Oui,
viens-y ! » Je monte et nous volons vers la
galerie où les donzelles se morfondaient.
Elles grimpent dans la voiture aussitôt que
j'en suis descendu, l'une d'elles me tend
une pièce blanche. Une autre main que la
mienne repousse l'offrande et je me trouve
nez à nez avec un sous-Badingue. « Hein ?
qu'est-ce que c'est que ça, soupire une
voix de tigre enrhumé, déguisée ou non,
la mendicité est interdite ici ; coquin, tes

papiers? sinon, au bloc! » Arrosé comme
une plate-bande, je m'esbigne, *refile la
comète*, avec des jarrets de cerf et tâche
de tromper ma fringale en suçant la
couenne de mon castor. On a usé tantôt
tout ce qui me restait de nerf pour pousser
jusqu'à ces collines, et me voilà! Si je ne
vous avais pas rencontré, je serais à l'ombre, oui, car j'étais bien décidé à flanquer
une danse, ce soir ou demain à l'aube, à
l'un de ces cocos de Camescasse que l'on devrait montrer en cage dans les ménageries.
Empoigné, j'aurais avalé mon passeport,
toutes mes paperasses, et le tribunal m'eût
vite réglé mon compte, hé, parbleu! quinze
mois, ou deux ans de prison pour vaga-
bondage, outrage et rébellion aux agents.
Sous clé, là-bas, où l'on tresse en chœur
des chaussons de lisière, à Poissy, sinon
ailleurs, au moins j'aurais vécu, dame!
oui, dormi, mangé!... »

Il avait l'œil sinistre, ce porte-guenilles
en parlant de sa liberté qu'il eût aliénée

pour un morceau de pain et quelques minutes de sommeil. Au moment où je le
remontais de mon mieux, un voisin, mon
généreux ami Guillaume Dargenty sonna
chez moi. Je lui présentai mon hôte et lui
dis son désarroi. Moins d'une heure après,
Klüækœwr avait un louis, diverses lettres
de recommandation en l'une des pochettes
de son gilet fripé, quelques hardes et du
linge noués dans un mouchoir. « On est
très riche à présent, cria-t-il, on est
sauvé! » Malgré mes instances, il refusa
de passer la nuit sous mon toit.

— Oh! merci! je ne suis point assez propre! il y a deux mois que je ne me suis
pas brossé; la vermine m'habite et ce
n'est pas ici que je veux déposer mes
poux...

Il s'en alla; je ne l'ai pas revu, mais
hier, en l'après-midi, je reçus de lui ce
petit mot :

« Un conducteur de la ville à qui j'ai
conté mes embarras et vos bontés pour moi,

m'a pris immédiatement dans son équipe, et je trime à mort !... ah !... N'est pas paveur qui veut !... Tout me paraît beau, la demoiselle dont je me sers ne pèse pas plus à mes doigts qu'une plume aux vôtres ; la terre est douce et le ciel bleu... Vrai ! le roi n'est pas mon cousin ! »

Juin 1881

15.

Orgue de Barbarie

— 1881 —

ORGUE DE BARBARIE

à

Madame Ménard-Dorian

Intelligente non moins que judicieuse et, quoique
belle, fort bonne aussi, vous admirez les gloires
des héros trop obscurs de la Révolution autant
que vous compatissez aux misères des fils de ces
anonymes qui lui sacrifièrent leur vie ; et voilà
pourquoi, bien chère madame, je me permets, à vo-
tre insu, d'inscrire votre nom doublement républi-
cain au dessus de ce morceau qui n'est pas plus une
fantaisie de poète qu'une diatribe de sectaire.

L. CL.

TRÈS haut perché sur des gigues ca-
gneuses, le ventre aussi plat qu'une
plaque de tôle et la nuque décharnée som-
mant un chapelet de vertèbres, sorte de
squelette engaîné dans un fourreau de par-

chemin, apparition famélique et macabre,
il se planta, vers le soir, avec son ridi-
cule et piteux instrument de musique
à vent, en face de la colonne de Juillet
pavoisée de nombreux drapeaux aux trois
couleurs, entre deux mâts au bout de
chacun desquels pendait une oriflamme
semée des initiales officielles : R. F., et
s'éblouit à contempler le Génie de la
Liberté, rutilant comme un miroir pyra-
midal. Les rayons brisés de l'astre s'épa-
nouissaient tels que des halos autour de
la statue métallique et ruisselaient en cas-
cades ardentes du sommet à la base du fût
de bronze où scintillaient, irisés, les
quatre lions symboliques et le coq des
Gaules. En bas, au milieu du terrain où
s'érigeaient jadis les huit tours rondes de
la sombre architecture d'Aubriot, qui les
étrenna, la chaussée entière se soulevait,
boursoufflée par une chaleur caniculaire
non moins intense là que sous le ciel dévorant de l'Afrique, en pareille saison. Il

semble qu'au cœur de l'été, dans ce climat septentrional, où l'on ne connaît guère le printemps ni l'automne, la lumière solaire, furieuse d'avoir été si longtemps obstruée par les brumes hivernales, se venge en y ruant tous les feux, toutes les laves, tous les brandons qui brûlent et calcinent de l'un à l'autre équinoxe les plaines du Midi. Joyeux, endimanchés, les prolos du grand faubourg avaient entouré l'artiste ambulant toujours immobile et dont les yeux dilatés paraissaient interroger des spectres, peut-être visibles pour lui seul. Ah! vraiment, avec ses joues, ses lèvres soigneusement rasées, les rares et longs cheveux poivre et sel qui frisottaient sous sa coiffure, le bonnet classique de la Révolution, et flottaient sur le collet d'une sorte de bourgeron bleu que l'usure avait blanchi, coupé d'ailleurs à l'instar de quelque carmagnole historique, avec ses tibias perdus en des grègues de coutil rayées de filets rouges, ses orteils enfouis dans des sabots analogues à ceux dont étaient chaussés en leur temps les volontaires du bataillon de la Moselle, elle avait on ne sait quoi de suranné, de fantasmatique et d'évocatoire, cette étrange figure de musicien errant...

— Éveille-toi, l'endormi, cria tout à coup une fraîche luronne ayant une cocarde écarlate à son chignon et des fleurs pourpres à son corsage ; allons, allons, du nerf !

— Oui, ma belle ; oui, ma fille, répliqua-t-il en souriant, tu vas entendre ici ce que les vraies citoyennes d'autrefois, tes bisaïeules, y perçurent très souvent elles-mêmes ; écoute bien, on n'en fait plus de ces chansons-là !...

Puis, empoignant la manivelle de son usine à notes, il se prit à moudre des ariettes un peu vieillotes et fort charmantes appartenant à l'ancien répertoire et qu'avaient tour à tour applaudies jadis Glückistes et Piccinistes. Etonnée, la plèbe ambiante lui prêtait l'oreille, surtout lorsqu'il scandait des vers adaptés à ces mélodies antérieures puisées la plupart dans *Euphrosine et Corradin*, les *Mariages Samnites*, le *Siége de Cythère*, les *Visitandines;* et l'aimable musiquette des Rameau, des Monsigny, des Grétry, contrastait singulièrement avec le texte ampoulé des strophes patriotiques rimées par les poètes tant naïfs de 89, entr'autres celles-ci :

. . . .

L'éclair a déchiré la nue,
Le bandeau qui couvrait ma vue
Tombe, et je toise sans effroi
Ce colosse qu'on nommait roi.
Qui le sert est bien misérable ;
Sous une chaîne qui l'accable,
Sans le savoir, il vit courbé,
Méconnaissant la Liberté.

Sur terre plus de mangeurs d'hommes
Qui de tous autant que nous sommes
Suçaient la bourse et la santé.
Vive la douce Égalité !

Le front couronné de l'olive,
La paix, trop longtemps fugitive,
Fertilisera nos sillons
Teints du sang de leurs bataillons.

Pas de quartier à ces Tantales ;
Tonnez, canons ; battez, cymbales,
Mêlez-vous au bruit du tambour,
Des vengeances voici le jour ;
Que la flamme et le fer dévorent
Ces phalanges qui déshonorent
La terre de la Liberté,
En osant y mettre le pié...

. . . .

— Camarade, lui fut-il demandé, de qui donc est cela ?

— Du citoyen actif Mercié, de Compiègne.

— Un crâne chansonnier ! Et comment s'appelle ça ?

— Le *Déserteur prussien* ou le *Soldat éclairé*.

— Merci !

— N'y a pas de quoi, bellots ; n'y a pas de quoi, bellotes.

Et branlant à tour de bras la queue de sa mécanique, il entonna successivement une infinité de refrains archaïques, très connus des Sans-Culottes des sections, mais ignorés de leur lignée ; on criait bravo de toutes parts et déjà la monnaie pleuvait autour de lui.

— Pas de ça, protesta-t-il, oh ! pas de ça, mes amours ; aujourd'hui, c'est notre fête à nous, les manants émancipés, et je sonne en l'honneur de l'anniversaire de cette journée où travailla si bien un de mes devanciers...

On s'émut de ces paroles assez obscures et du ton à la fois sévère et gouailleur sur lequel elles avaient été prononcées ; ensuite on serra de plus près cet énigmatique acteur forain dont les prunelles s'étaient dilatées, ainsi que celles des visionnaires en extase. Essoufflé, pantelant, suant sous la bricole de cuir en bandoulière collée à sa peau comme un harnais sur le garrot et la croupe d'un cheval excédé de fatigue, il

promenait ses regards du pilier triomphal
où l'on avait accroché de nouvelles banderolles aux nues sans tache, d'où le soleil
dardait ses aiguillons embrasés sur l'innombrable multitude entassée dans ce lieu
mémorable.

— A la bonne heure ! Elle luit à présent
pour tout le monde d'ici-bas, la roue d'en
haut !...

Et tandis qu'il souriait avec béatitude
aux splendeurs du ciel, les mouvements
giratoires de sa droite se précipitaient plus
rapides et plus fermes ; alors, tout à coup
on remarqua l'inertie du côté gauche de
son corps émacié.

— Bah ! murmura-t-il en s'apercevant
qu'il était en butte à la curiosité publique ;
un peu paralysé d'une pince et d'une
patte, oui, mais ça n'empêche pas les sen-
timents... Silence, tous ! approchez-vous
encore de moi, formez bien le rond et tâchez
de savourer comme de raison ce petit
morceau de choix :

HYMNE

Chanté à l'inauguration du Temple de la Raison, dans la ci-devant métropole de Paris, le décadi, 20 brumaire, IIe année de la République une et indivisible.

Paroles de M. J. CHÉNIER, *député à la Convention nationale; musique de François-Joseph* GOSSEC.

Cela dit, tourmentant plus violemment que jamais le cylindre de sa boîte vibrante, il en fit parler à la fois tous les registres, et lui-même accordant son mâle organe à la voix multiple des claviers, il psalmodia :

Descends, ô Liberté, fille de la Nature,
Le peuple a reconquis son pouvoir immortel;
Sur les pompeux débris de l'antique imposture
    Les mains relèvent ton autel.

        . . . .

Ton aspect réjouit le mont le plus sauvage,
Au milieu des rochers enfante les moissons :

Embelli par tes mains, le plus affreux rivage
Vit environné de glaçons.

. . . .

Guerriers libérateurs, race puissante et brave,
Armés d'un glaive humain, sanctifiez l'effroi ;
Terrassé par vos coups, que le dernier esclave
Suive au tombeau le dernier roi.

Jamais orgue de barbarie, associant ses indisciplinables tremolos aux accents rhythmés d'un baryton, n'obtint pareil effet, tant il est vrai que tout passionné possède en soi sinon le privilège exclusif, du moins l'extraordinaire faculté de communiquer les émotions de son âme au plus grossier, au plus rebelle engin qu'il emploie pour les traduire ; aucune harpe, nulle lyre même pincée par des doigts entre tous savants et délicats ne l'eût emporté sur le grotesque cube nasillard de ce musicastre en délire ; aussi quels transports il avait excités, l'inspiré vagabond ! On l'embrassait à l'étouffer et, lui, ruisselant, hagard, échevelé, fondant en eau, répétait à

bouche que veux-tu, tout en parcourant
de l'œil l'emplacement où, pendant plus
de cinq cents ans, avait trôné le sinistre
géant de pierre détruit à la fin de l'autre
siècle :

— Il me semble que j'y suis et que je
la vois encore; ah ! que cela fut beau, mes
enfants !...

Et comme on insistait, afin qu'il accep-
tât une rémunération quelconque de la
peine qu'il avait prise pour le plaisir de
tous :

— Impossible à qui que ce soit de me
payer une telle besogne !... On travaille
gratis aujourd'hui ; non, non, pas d'argent ! Trop heureux suis-je, amis, de votre
bonheur et de celui de nos anciens qui
dorment dans la poussière que nous fou-
lons sous nos pieds...

Etait-il fou ? L'on eut peur qu'il ne le
devînt, et très doucement on l'entraîna vers
une immense tente sous laquelle s'atta-
blaient quelques couples amoureux et di-

vers groupes de manifestants. Une fois là,
cet halluciné mangea, but très allègrement
et dès qu'il eut fait raison à ses amphi-
tryons, au milieu de toasts sans cesse réi-
térés qui se prolongèrent jusqu'à la nuit,
il en porta lui-même un *aux Mânes des
Ancêtres*, ainsi qu'à *leurs Vertus!* et,
dans le cliquetis des verres où moussaient
le picton et le reginglard, il déclama de
fougueux récits presqu'identiques à certaines pages de l'incomparable résurrec-
tionniste J. Michelet.

« Tout Paris se lève docile au conseil de
l'Être Suprême qui disait : « En avant!
enfants, vieillards, hommes et femmes ;
en avant! et vous prendrez la caverne où
gémirent tant de victimes de la tyrannie. »
On bat, on émoud le fer et l'acier ; on
fourbit les armes et l'on part, oui ;... mais
pas de canons! En eût-on eu d'ailleurs
que les murailles de cette forteresse liberticide, épaisses de dix pieds au sommet de
ses huit tours jumelles et de trente ou

quarante à sa base, se fussent ri longtemps
des boulets populaires, et ses batteries assises au pinacle des remparts percés de
meurtrières avec grilles et doubles grilles,
eussent démoli, pulvérisé tout le Marais
et ce district où nous sommes en un clin
d'œil. « Ah bah ! marchons quand même ! »
Et l'on courut jusqu'à ce que l'on eût
heurté les cornes de la citadelle. On s'était
arrêté ; pas moyen de passer outre. et l'on
frémissait de rage. Alors, un impatient alluma trois charrettes de paille amenées là qui
furent poussées vers les portes colossales.
qui s'enflamment. Tout à coup un charron
grimpe sur le toit d'un corps de garde voisin
du pont-levis, abat les chaînes des herses,
et la noble populace, la sainte canaille,
entre dans les cours de ce repaire inexpu-
gnable, où vingt gueules d'airain vomis-
sent la mort. Hullin, Élie, arrivent sous
une grêle de balles avec les gardes fran-
çaises toujours ardents à combattre le despotisme, et parmi ces intrépides attelés aux

pièces d'artillerie extraites des arsenaux,
en dépit des valets du Capet, halète et
rugit Marceau ! Cependant tout était sur
le point de sauter ; il y avait en haut
sur la terrasse 135 barils de poudre et
déjà le gouverneur approchait d'eux une
mèche soufrée. En ce moment, un invalide croise la baïonnette et crie à l'in-
cendiaire : « A bas ton brûlot ou je
te cloue à terre comme un hibou ! » Ce
brave écloppé sauva la capitale, et quand
la Bastille se rendit, il fut acclamé, puis
de la Grève à l'Hôtel de Ville, porté en
triomphe à travers les rues. Il se nommait
Taillac. C'était le frère de la mère de ma
mère et je suis son petit neveu. Je pense
qu'il a bien mérité de la patrie, mon grand
oncle, et voilà pourquoi, citoyens, en ce
jour de fête nationale, la nôtre, et la sienne
aussi, je fonctionne à l'œil... Ah ! si, malgré
la victoire du Quatrième ordre, car le Tiers
ne bougea mie en cette occasion, il y a
toujours, hélas ! des gras et des maigres ;

avant peu ça changera, car l'anniversaire
de 89 approche ; un rien de patience encore
et le nettoyage fini, nous respirerons un
peu. »

S'interrompant, il menaça du poing
l'espace occupé jadis par la prison cyclo-
péenne, huma quelques gouttes de vin,
tapa sur ses côtes anguleuses qui crevaient
l'étoffe dont elles étaient recouvertes,
caressa son ventre affamé depuis sa naissance et dit :

— Il se fait tard, dansons et fredonnons
tous en cadence à la barbe de celle qui fit
tant pleurer !...

Étreint, accolé par tous, il se dégage,
sort suivi de son auditoire et monte sur une
borne. Installé là, ferme sur les jarrets, il
joua, tandis qu'on illuminait les alentours
à giorno, des menuets, des gavottes, des
bourrées et lui-même prit part à la faran-
dole générale. Une bande de jeunesses
descendues de Ménilmontant et de Belleville passait bruyante en vociférant des

couplets badins, tels que ceux de *Madame Angot*, des *Cloches de Corneville* ou de l'*Amant d'Amanda*.

— Tonnerre! oh! ce n'est pas ça qu'il faut roucouler aujourd'hui, tourtereaux !

Et voilà que secouant sa caisse mélodique à la rompre, il en tira des airs qu'on n'avait plus l'habitude d'entendre en 1881, ou plutôt, ainsi qu'il se complaisait à le répéter, en l'an XC.

— Une marche aux flambeaux, mes fils !...

On adopte immédiatement sa motion ; on dévalise une marchande qui vendait des bougies, des chandelles, des torches, des falots, des lanternes, puis la caravane se forme et s'ébranle.

— ... En route pour les Tuileries ! Une fois là nous narguerons sans pitié tout ce qu'il en reste !

On s'élance en chantant derrière lui, mille d'abord, dix mille ensuite, et toute une nation enfin; il va léger comme à vingt ans, son bonnet rouge lauré de feuilles de chêne se tord autour de ses tempes en feu, ses membres depuis si longtemps ankylosés s'assouplissent, il s'imagine que des ailes lui poussent aux épaules et que la sève circule en son corps desséché, ce revenant! Infatigable, il broie en son moulin à cantiques tous ceux d'une autre ère, la *Carmagnole* et le *Ça ira*; le *Chant du Départ* alterne avec l'*Hymne chéri* dans les scintillations et les éclairs dont il est enveloppé, lui, ce fervent patriote, et de sa bouche jaillissent, pressés, stridents, enthousiastes, quelques-uns de ces vers électriques qui retentirent si souvent dans les batailles gagnées par nos pères, les gueux, aux frontières de la patrie en danger ainsi que dans les rues de Paris purgé de toute clique princière, et dont se souviendra leur postérité quand pour elle aura sonné l'heure de vaincre définitivement ou de mourir de-

16.

hors ou dedans pour ses foyers ou le
pain..:

> ... Ah ! quel outrage !
> C'est nous qu'on ose méditer
> De rendre à l'antique esclavage...
> ... Et vous, perfides,
> L'opprobre de tous les partis,
> .... Vos forfaits homicides
> Vont enfin recevoir leur prix !

> Aux armes, citoyens !
> ... et ça viendra !

> Tremblez . . . .
> Rois ivres de sang et d'orgueil ;
> Le Peuple souverain s'avance,
> Tyrans, descendez au cercueil !

Et sur toute la ligne des boulevards une
multitude innombrable voyant cet imposant cortège à la tête duquel volait ce musicien fantôme à peu près vêtu comme les
sectionnaires en guenilles qui culbutèrent
tant de trônes, abattirent tant de couronnes
et de sceptres, et brisèrent tant de fers,
s'écriait ainsi qu'autrefois en chœur un
peuple de titans en haillons au pied de

l'échafaud où gisait le cadavre tronqué de la Royauté :

— Vive la République !

— Et la vraie, la bonne, éclata, couvrant les ronflements de l'orgue aussitôt que la foule se fut tue, la voix fatidique et quasi-surnaturelle du troublant plébéien dont l'aïeul maternel alors soldat, avait fraternisé près d'un siècle auparavant avec les citoyens assiégeant la Bastille ; oui, celle qui, malgré les manigances des bourgeois, imitateurs et successeurs des nobles, sera, je le jure ici !... l'Ouvrière et la Paysanne !

Juillet 1882

Sous-Cantonnier

à l'Arc de Triomphe

— 1880 —

Sous-Cantonnier a l'Arc de Triomphe

Non, non, on ne m'avait pas trompé, c'était lui ! Bien que nous ne nous fussions pas vus depuis la déchéance de Sa Majesté l'ancien constable de Londres, je le reconnus aussitôt à son poitrail robuste, à sa barbe en broussailles, ainsi qu'aux grosses besicles vertes dont ses yeux, usés aux travaux du burin, étaient hermétiquement bouchés; armé d'un énorme balai, pareil à celui que manient les égoutiers, vêtu d'une blouse grise au collet de laquelle étaient brodées les armes de Paris, et coiffé d'un méchant chapeau de paille garni par devant d'une plaque en cuivre portant un numéro d'ordre, il remplissait là ses fonctions de cantonnier urbain, ce philosophe rural, ce graveur méconnu dont les compositions rappellent par leur vigueur et leur étrangeté les plus naïves et les plus vigoureuses du peintre d'Augsbourg, ce Jean Holbein qui jadis, en Suisse, éprouva, lui aussi, toutes les horreurs de la misère, et but jusqu'à la lie son calice d'amertume.

— Arnold?

— Hein!...

Nous nous envisageâmes un instant, et soudain il me tendit les bras.

— Eh! quoi? mon cher, ici?

— Dame!... ah! je comprends que tu sois étonné...

— Comment, toi?

— Moi-même!... oui, poussons jusque là-bas, sur ce parvis, et dans dix minutes, on t'aura raconté ce que tu m'as tout l'air de me demander...

Il m'entraîna loin des chaînes de fer qui circonscrivent le monument où palpite ce

génie de la Liberté que Rude, le grand
Rude, tailla de ses puissantes mains, et
quand nous fûmes assis côte à côte sous la
coupole où sont inscrits les noms de tant
de soldats farouches pour qui les peuples
n'avaient été que de la chair à canon, il
essuya son front ridé par les veilles autant
que par les soucis, et s'exprima de la sorte
sur un ton monotone où bourdonnait une
note ironique mal étouffée :

« A cinquante ans, on s'aperçoit parfois
qu'on n'est qu'un crétin, et c'est ce qui me
fut prouvé, mon cher, à la fin de l'an mil
huit cent soixante-huit. Tout m'avait raté
dans la main à cette époque-là. Mes confrères, après m'avoir assez et trop acclamé,
me niaient à l'unisson, en sorte que les marchands ne voulurent plus entendre parler
de moi. « Votre œuvre est impossible, il est
certain que vous avez beaucoup, beaucoup
de talent, et que vous burinez comme un
ange, oui ; mais tout ça ne signifie rien.
Essayez de vous assouplir au goût du jour ;

17

on n'aime que les cocotes et leurs chevaliers, aujourd'hui ; donc, tâchez de nous
en servir et nous verrons alors s'il y a
moyen de brasser quelque chose ensemble... Ah ! si nous autres, nous savions user
de votre outil, avant un an, nous aurions
assez de foin dans nos bottes pour en
régaler tous les ânes d'alentour ; ayez du
courage et de la bonne volonté ! » Moi, qui
ne vois dans la nature que les vignes, les
arbres, les blés, la terre et ceux qui la
cultivent, le ciel et ceux qu'il charme, tu
sais bien, toi, je tirai la révérence à ces
industriels et m'en retournai dans mon coin
où, presque aveugle, abruti, je mangeai
mes quatre deniers en attendant... quoi !
l'averse ou le soleil. L'une ne vint pas
plus que l'autre et, quand la guerre éclata,
je pris un flingot. Trente sous par jour !
Avec ça, nous tâchâmes de vivre, ma
moitié, mes filles et moi. Ce fut très dur,
oui ! Ma femme allaita sa dernière née jusqu'à la fin d'octobre. A partir du 31 de ce

mois, ses mamelles tarirent. Heureusement
pour la pouponne, nous avions à Vaugi-
rard, dans notre masure, une chèvre que
nous aimions autant que si, vraiment, elle
eût été de la famille. Elle nous fournit de la
crème, cette bonne bête que nous nour-
rissions avec la boue de terre et de son que
l'on débitait à chaque citoyen en ce temps-
là, dans les boulangeries, sous la surveillance d'un délégué municipal. Or, à force
de pâtir, la bique s'épuisa ; plus de lait !
Tout à coup, le bombardement commence
et la famine redouble. On avait diminué
les rations, si bien qu'une nuit, entendant,
moi, tousser la nichée qui avait le ventre
creux, je faillis perdre la carte et devenir
criminel. Le fait est que si je ne tuai pas,
je n'en tentai pas moins l'assassinat. Il
gelait à pierre fendre et toutes mes gamines
braillaient autour de leur mère qui, tran-
sie, couchée sur le carreau, car nous avions
porté depuis longtemps au Mont-de-Piété
notre dernier matelas, ne savait comment

les réchauffer. Un couteau me tomba sous la main. En sentant la lame entre mes doigts, une idée me vint qui s'ancra dans ma cervelle, et je descendis sans lumière dans la cour, avec cet eustache dont je serrai le manche de corne. Oui, sans lumière ! car si j'avais vu la malheureuse dont j'avais résolu le sacrifice, je n'aurais certainement pas osé la frapper. Au moment où je m'approchai de la soupente où elle bêlait de froid et de faim, un obus siffla contre l'une de mes tempes et deux autres s'abattirent sur les toits. Un tas de débris plurent à côté de moi. « Là-haut, mes chéries, êtes-vous là toujours ? » « Oui, père ! » Alors j'ouvre la porte de l'étable et j'avance à pas de loup, tel qu'un voleur. Un museau barbu se frotte à mes mains et j'empoigne des poils, ensuite une corne, et je pointe, je tranche en fermant les paupières. Aïe ! Un soupir comme je n'en avais jamais entendu, comme jamais plus je n'en entendrai, Dieu, merci ! me déchire l'oreille et je

trébuche, je dégringole les bras tièdes du
peu de sang que ma chèvre avait encore
dans les veines. Il eût mieux valu pour
elle que je l'achevasse sur le coup; on
ne put s'y résoudre, et bientôt elle mourut
de consomption, ne nous laissant d'elle
rien de bon à manger, rien, si ce n'est sa
fourrure et ses os. On entreprit de broyer
ça, mais non! et nous eûmes tous la courante; oh! quelle courante!... Enfin on
livra la capitale aux Prussiens et nous
nous rassasiâmes des pommes de terre qui
moisissaient dans les caves des Halles.
Huit ou quinze jours plus tard, on nous
invite à voter et nous portons Hugo, Delescluze et Garibaldi. La Chambre se ras-
semble à Bordeaux et nous condamne à
payer les loyers échus. S'ils nous avaient
dit avec quoi! ces bourgeois fainéants,
Armand Dufaure, le nasillard en tête; et
l'inventeur de la République sans républicains essaya de nous désarmer par surprise. On se rebiffa et Vinoy s'esquiva avec

tout le bataclan. Nous autres, citoyens et
non pas messieurs, comme ces gaillards-là,
nous servîmes la Commune qui, du moins,
elle, nous dispensa de verser l'argent que
nous n'avions point et nous distribua, tant
qu'elle dura, le pain nécessaire. Elle nous
coûta bien cher, cette dernière bouchée!
On fusilla trente mille pauvres; soixante
mille autres furent déportés, et moi, je
fus, pour mon malheur, du petit nombre
de ceux qu'on n'avait pas songé à coller
à quelque mur ni même à transporter à la
Nouvelle-Calédonie où j'aurais sans doute
laissé ma vieille peau... »

L'humble agent voyer de la ville de
Paris s'était interrompu; tout à coup, de
sa fine main d'artiste aux doigts fuselés
que les lourds outils de la plèbe avaient
déformée et semée de saignants durillons,
il essuya deux larmes transparues sous le
verre opaque des lunettes et courant pa-
rallèlement sur l'une et l'autre de ses joues
profondément ravinées; après quoi, regar-

dant au-dessus de lui la voûte de pierre
où mille noms de roture, illustrés par la
victoire, étincelaient au milieu de palmes
funèbres, léchées par les rayons obliques
du couchant, il reprit :

« Thiers, le prince Thiers régnait, et la
capitale, décapitalisée, veuve ou séparée
des meilleurs de ses fils, souffrait mort et
passion, tandis que les survivants, au
loin, agonisaient par milliers sur les bru-
meuses côtes anglaises ou sous le ciel
meurtrier de Nouméa. Ceux qui comme
moi ne partageaient pas leur exil, échap-
pés par miracle aux conseils de guerre,
chômaient ou jeûnaient, n'osant pas demander de l'ouvrage à d'indignes patrons
qui les eussent dénoncés, ou n'en trouvant
pas, car cent industries avaient été dépay-
sées, en 1871, avec les ouvriers patriotes
qui les exerçaient au profit ainsi qu'à
l'honneur de la nation. On se serrait le
ventre, et, puisque qui dort dîne, on s'efforçait à « pioncer » le plus possible jour

et nuit. Un soir, il m'en souvient et m'en
souviendra tant que ma cervelle ne sera
pas ramollie, un soir de décembre où,
comme de coutume, il n'y avait ni feu ni
pitance en ma maison, Aristide Ouldrat,
un brave cousu de cicatrices, seule déco-
ration que lui avaient rapportée ses services
offerts et rendus à la Révolution, entra
dans mon grenier comme un coup de vent
et voici de quelle manière il m'éveilla de sa
voix éraillée par le rogome avec lequel il
avait souvent trompé sa faim et, pour une
heure, adouci ses chagrins : « Ami, c'est le
comble, aujourd'hui, pour moi! Mon père
fusillé, ma femme morte en couches pendant la bataille, il y aura six ans au mois
de Mai, mes deux frères en train de se
consumer au loin, en l'île des Canaques,
et moi, traqué comme un loup, ici, ce
n'était point assez, Arnold, ah! ce n'était
point assez! Écoute : Hier, chez la mère
Eugré, notre ancienne cantinière, qui me
loge gratis, Ory Gôslu, qu'aucun de nous

n'oubliera, Gôslu, notre intrépide et gai
lieutenant à la 1re compagnie du 123e bataillon, arrive de l'étranger et me dit, après
embrassades : « Aristide, on s'embête trop
de l'autre côté du détroit, on y sèche sur
pieds et j'en suis revenu. Demain, on me
pincera, si les mouches sont assez habiles
pour ça, mais aujourd'hui, buvons, s'il te
plaît, à la Rouge, envers et contre elles, à
la barbe des Bleus ! » Il me mena, tout en
causant, du côté du boulevard du Crime
où nous rigolâmes un brin, et ma foi, je
m'allumai comme un tison, en reluquant
des belles, car je suis jeune encore et sevré
d'amour depuis la guerre qui me rendit
veuf. Une rousse nous arrêta ; je m'entendis avec elle et la suivis en sa mansarde,
impasse de l'Arsenal, auprès de la Bastille.
Un beau coup que celui-là ! Devine, Arnold, devine avec qui je couchai la nuit
passée ? Oh ! c'est affreux ! Avec ma nièce,
avec la fille de Cyprien, mon aîné, qui se
meurt à petit feu de l'autre côté des mers.

17.

Elle était encore tout enfant, quand je
partis, et nous ne nous sommes reconnus
qu'en son lit en parlant des siens et des
miens ! Il était trop tard !... En voilà bien
assez. n'est-ce pas, en voilà trop ! Adieu !
la vie me pèse et je vais m'en décharger ;
adieu. Là-dessus Ouldrat m'accola, sortit,
et je ne l'ai pas revu. Ce n'est pas un bla-
gueur. il tient toujours plus qu'il ne pro-
met; aussi j'ai peur qu'il ne se soit détruit.
Et les réflexions qui me visitèrent dès qu'il
m'eut quitté ne furent pas très drôles, natu-
rellement. « Un jour ou l'autre. pensai-je,
les filles, les sept filles se fatigueront bien
sûr de mâcher de la vache enragée et de tirer
le diable par la queue. Elles grandissent,
elles ont des nerfs. du sang : elles faute-
ront, tout est possible. elles décamperont,
et plus tard, puisqu'en ce monde les mâles
du riche achètent les femelles du pauvre;
elles se vendront. elles aussi ; de culbute
en culbute, rouleront au ruisseau comme
tant d'autres, et l'une d'elles. sans recon-

naître en toi, passant, celui qui la fit, te
raccrochera peut-être... Psitt! psitt!... au
coin de quelque rue!... Allons-nous-en
d'ici, déménageons, quoi qu'il m'en coûte,
avec ma tribu, sauvons-nous, sans crier
gare, sauvons-nous sans demander notre
reste!... Et ma femme, mes mignonnes et
moi nous filâmes...

— On m'a renseigné; tu l'embarquas à
bord du *Montcalm* ?

— En effet.

— A Toulon?

— Non ; au Havre de Grâce. Ah! va,
ça ne fut pas sans peine que l'on se déra-
cina du sol où l'on a poussé. Que veux-
tu! ma fièvre était telle depuis le jour
où ce malheureux Aristide m'avait conté
son cas que je ne raisonnais plus du tout.
Un beau matin donc, étant allé chez un
de mes vieux camarades, ancien rapin
jadis travaillé par la misère et devenu récemment un des plus gros bonnets de la
préfecture de la Seine : « On a recours à

toi, lui dis-je à brûle-pourpoint, on a tenté
de se faire sauter le caisson naguère et le
pistolet a raté ; je recommencerai bientôt,
entends-tu, si tu ne facilites pas mon départ
de France où quelque jouisseur pourrait
avoir envie de l'une de mes gosselines et
me la salir moyennant un peu d'argent... »
Très touché, ce brave cœur ne me demanda
nulle explication, il m'accorda sur-le-
champ un assez gros secours, et grâce à la
vente de ce qu'il me restait de mon mobi-
lier à peu près brûlé par nous pendant le
siège, afin de se réchauffer un brin, il me
fut permis de payer mon passage et celui
de ma smala au capitaine d'un navire
transatlantique en partance pour le Canada...Force bavards m'avaient affirmé que
le Nouveau-Monde, c'est le paradis terrestre
et que le premier venu n'a qu'à s'y bais-
ser pour y recueillir des moutons, des ca-
bris, des poules, des lapins, des porcs,
des chevaux, des ânes, etc., bref, tout ce
que j'ai toujours aimé, moi... Bernique !...

En atterrissant là-bas, on s'aperçut vite
qu'il fallait en rabattre, et beaucoup.
Pardié ! je ne conseillerai jamais à personne, oh ! non, pas même à mon ennemi
mortel, d'aller voir en cette région si les
alouettes vous tombent toutes rôties dans
la bouche !... On devait y jouir de tout en
ce pays de cocagne, et l'on n'y trouva
rien, hormis une maigre voyageuse qui
fauche à toute heure, en tout lieu, sans
cesse. Ainsi donc ma légitime mourut,
toutes mes filles languirent, et moi, je dé-
périssais à vue d'œil aussi. France !
ô mère, ô nourrice, il est impossible d'avoir
le cœur content loin de toi ! Danton l'a très
bien dit : « On n'emporte pas la patrie à la
semelle de ses souliers ! » Enfin, je rétro-
gradai vers mon Paris où j'avais tant
trimé, pensant que je finirais par m'en
tirer et me remettre à flot. Tu vois comment j'ai réussi. Mes quinquets, plus obs-
curcis que jamais, ne tardèrent pas à me
refuser leur assistance et je dégringolai

dans ce bas-fond où tu m'as déniché. Mon cher, on a beau faire le tour du monde en pataclie, en wagon, voire en bateau, la fatalité, cette gueuse, vous court après, s'accroche à vos trousses et vous la retrouvez assise sur le rivage, quand, fatigués de rouler votre bosse, vous rentrez au pays natal pour y mourir.

— En tout cas, je t'en réponds, tu ne mourras pas ici.

— L'hospice alors ! on n'a plus d'yeux, c'est vrai, mais on est ingambe encore, on se meut et l'on ne veut pas être enterré vivant.

— Tes amis, tous ceux qui prônèrent ton talent sont là ; certes, ils ne t'ont pas oublié, compte sur eux !

— Allons donc ! les amis, on sait ce qu'en vaut l'aune. Oui, si j'étais riche et que j'eusse la manche longue, c'est à qui se ruerait chez moi ; mais est-ce qu'on fréquente les misérables ? et j'en suis un. Oh !... je me rappelle... il n'y a pas d'ail-

leurs si longtemps. A peine de retour
d'Amérique, force me fut de cogner au
coffre-fort de mes connaissances, quelques
artistes sculpteurs, architectes, rapins,
journalistes. Un ancien prix de Rome à qui
j'avais donné des leçons et des conseils autrefois, se permit de me prêcher la sagesse,
et m'invita finalement... à dîner? oh! que
nenni! mais à prendre une absinthe; et
celle-là me parut amère, par exemple!
A quelques jours de là, certain poète archi-
millionnaire, et qui ne l'a pas toujours été,
car je lui payai plus d'une fois le beef-
steack et l'omelette de l'amitié, me prêta
cent.... sous en me recommandant d'en
être économe, ce farceur! Et le lendemain,
un maëstro, c'est-à-dire un chansonnier
parvenu, me tapa sur la panse en m'appe-
lant vieux noceur, et, pour me consoler
de ma détresse, il me roucoula plusieurs
morceaux de sa composition; à coup sûr,
il eût été préférable qu'il me payât ma patience cinquante centimes l'heure; en le

quittant on aurait du moins rempli son
estomac. A compter de cette heure-là, je
ne fus plus reçu chez aucun de ces rentiers
de fraîche date qui me consignèrent à leur
porte ; ils n'y étaient plus pour moi. Seul,
l'employé, le bon apôtre qui m'avait déjà
secouru, ne m'abandonna pas, et c'est à lui
que je suis redevable de ma charge. Il se
comporta crânement à mon égard et courut
comme un lièvre pour moi, ce cul de plomb.
Beaucoup de nos anciens copains, à qui
l'art avait toujours semblé trop dur à cultiver et que nous applaudîmes en chœur,
alors que, pour conquérir leur place au
soleil, ils montaient chaque soir sur les
tréteaux obscurs d'un club de faubourg,
étaient parvenus à gagner les faveurs de ce
prétendu souverain à têtes incalculables,
qu'on mitraille tous les vingt ans pour lui
prouver qu'il ne le sera jamais, et jouis-
saient à présent de tout crédit au Palais-
Bourbon, au Luxembourg et même à
l'Elysée. Aussitôt que mon fidèle les eût

instruits de mes tablatures, ils gémirent et
pleurèrent sur mon sort à la manière des
crocodiles : « Eh quoi! ce pauvre diable en
est là? Jadis nous le lui prédimes bien ; on
tâchera de le caser, oui, mais où? Quelles
sont ses aptitudes ? Il n'a que son burin,
et c'est peu. D'ailleurs, s'il perd la vue, à
quoi lui servirait-il ! Enfin, nous verrons !... » Un poste de sous-cantonnier,
ils ont trouvé tout ça pour moi, ces fruits
secs de l'ébauchoir, de la plume et du pin-
ceau, de la médecine et du barreau, qui
nous gouvernent à la tzarine, tous ces
avortés qui se jetèrent dans la politique
par paresse ou par impuissance d'écrire,
de sculpter et de peindre et qui ne détes-
tent rien tant que ceux, appréciés ou mé-
connus, qui sont ce qu'ils n'ont su devenir
eux-mêmes. Ah ! la Providence les bé-
nisse et leur tienne compte de leur géné-
rosité. Moi, je la leur pardonne. Ils dispa-
raîtront tous sans laisser derrière eux une
page, un marbre, une toile et je demeu-

rerai, moi, grâce aux mille crayons que j'ai gravés et qui voyagent aujourd'hui, le Diable sait-où ! Bref, on m'a bien logé, n'est-ce pas ? et mon rêve est réalisé : « Je suis au pinacle : Arnold Durdens plane au Panthéon !... »

Et le vieux graveur à qui Albert Dürer et Rembrandt n'eussent pas appris grand'chose, s'étant dressé sous l'Arc-de-Triomphe où les feux ensanglantés du couchant se mouraient autour des glorieux millésimes et des noms historiques, essuya ses prunelles presque éteintes, salua très largement le ciel et la terre, et se roidit, amer et crispé.

— Tout n'est pas encore perdu pour toi, courage !

— Oh ! reprit-il en brandissant son balai, j'ai mon lot !... Trois de mes blondes ont déguerpi ; l'une d'elles se carre à la Chaussée-d'Antin, où je ne vais pas, comme tu penses ; et ses sœurs cadettes chahutent tous les soirs à Mabille. Il m'en

reste quatre, dont deux sont blanchis-
seuses de gros ou de fin, n'importe ! une
troisième cuisine dans une gargote, et la
dernière, qui marche seule à peine, est en
train de cracher ses poumons ; et moi,
grâce à l'irrécusable appui de mes bien-
heureux patrons : Michel-Ange et Raphaël,
je garde le seuil de ce temple de mémoire
d'où chaque matin j'enlève, en me bouchant
le nez, ce qu'on laisse pendant la nuit au
long des monuments où il est défendu de ne
rien déposer, c'est-à-dire tout l'esprit, tout
le cœur, en un mot, toute la quintessence
de nos concitoyens ! *Amen !* En bon français : Ainsi soit-il ! Les hommes sont pour
moi des frères, et le bon Dieu qui réserve
leur pâture aux petits oiseaux est mon
sacré papa... Merci !

Décembre 1881

Ex–Va–Nu–Pieds

— 1883 —

EX-VA-NU-PIEDS

à

David Georges Picard

*Vous aurez encore, mon cher enfant, de longs jours
à vivre quand je ne serai plus. Songerez-vous
alors à ce vieil ami qui, sur son déclin, n'aura pas
oublié l'adolescent dont la droiture et l'alacrité,
cette fleur de la jeunesse, adoucirent, à Bruxelles,
ses langueurs et ses atonies de valétudinaire? En
vous adressant aujourd'hui ce cordial souvenir, il
s'en persuade et même y compte.*

L. CL.

XERXÈS, si nous en croyons les annales
du monde, eut, jadis, la hardiesse de
flageller les flots de l'Hellespont, et, lui,
ce modeste fils du peuple français qui se
trouve aujourd'hui dans nos murs, lui,
simple délégué de la nation, non moins
audacieux que le fastueux roi de Perse, se

permit de fouetter naguère, si nous y
vîmes clair, un monarque encore plus re-
doutable que l'Océan. » Ainsi, s'exprimait
assez récemment un député, maire de je
ne sais plus quelle bourgade, en adulant
coram populo le dictateur occulte qui me-
nait tout alors en notre pays et qui, sans
en penser un mot, avait rappelé souvent à
ses commettants les paroles suprêmes
d'Anarcharsis Clootz : « O France, guéris-
toi des individus. » Si je le désigne ainsi
que ci-dessus, moi, c'est qu'il me sembla
jadis mériter ce titre d'honneur. Issu de
pauvres et pauvre lui-même, il nous apparut
tel que l'avocat prédestiné des plébéiens,
ses congénères, et le vengeur de leurs
griefs. En 58 ou 59, il arriva comme une
trombe à Paris, et je le vois encore avec sa
crinière léonine, son œil désorbité qui lui
pendait sanglant sur la joue, et je l'entends encore rugir ses apostrophes enflammées contre le César de contrebande auquel il devait en quelque sorte succéder.

Oui, certes, en dépit de ses habits trop larges
et mal coupés par quelque tailleur rural,
il avait vraiment bel air ; et je me souviens
qu'un jour le poète Gustave Mathieu,
l'ayant rencontré tout débraillé par la
ville, vint à nous en s'écriant, encore as-
sourdi de ses grondements de fauve : « Il y
a, mes enfants, un tonnerre nouveau. Tant
pis pour M. Veto. Mirabeau est ressuscité ! »
Dame ! une telle assertion nous plut et
nous l'admîmes. Souvent, en applaudissant cet âpre méridional qui nous gueulait
les harangues volcaniques de l'aîné des
Riquetti à l'Assemblée nationale et surtout celles de Danton à la Convention
avec un assaisonnement inouï de foutre,
de bougre et de nom de Dieu, nous sen-
times passer en nos reins le grand frisson
des fièvres civiques d'un autre âge et, nous
tous, jeunes gens, écœurés par la plati-
tude générale, nous nous dîmes que l'Hercule de la République et le tombeur de
l'Empire avait enfin surgi. « Pourquoi

18

diable le vantez-vous ainsi? nous deman-
dait en haussant les épaules un tas d'in-
flexibles qui dix ans plus tard le flagor-
nèrent à qui mieux mieux, agenouillés
bassement devant lui : « Ça, Cicéron? ça,
Démosthènes? Erreur. Un Mangin, et rien
de plus! Attendez et vous verrez! » Ils
virent. Tout à coup éclate l'affaire Baudin.
Napoléon ou celui qui régnait à cette époque
sous ce nom d'emprunt ne sut souffrir que
le spectre de l'une des plus glorieuses victimes de Décembre lui fût offert tout souillé
de la boue rouge et noire de la barricade
accusatrice. Il fallait donc que les folliculaires fussent muselés et les évocateurs
punis. Alors, d'un commun accord, nous
criâmes au sévère jacobin qui dirigeait le
Réveil : « Il n'y a qu'un orateur à tous
crins capable de plaider votre cause et c'est
un des nôtres, superbe, ardent et loyal.
Le vieux lutteur que les aigrefins et les
sacripants avaient proscrit, nous écouta,
nous novices, et bientôt les juges du tribu-

nal criminel tremblèrent sur leurs sièges
en entendant tonner sous les voûtes du
palais de justice une voix qui semblait
faite de tous les hurlements de rage et de
toutes les plaintes des sacrifiés de 48 et
de 51. Aux Tuileries on frémit, on s'a-
larma. Tout fut mis en œuvre pour em-
pêcher le farouche harangueur prôné par
l'ancien lieutenant de Ledru de parvenir
au Corps législatif. En vain lui opposa-t-on
Marie et Thiers à Marseille et Carnot à
Paris, son nom, son nom ronflant comme
une fanfare, sortit tumultueux de l'urne,
et lui-même, le Cyclope, dressant sa tête
de Gorgone, courut tout échevelé, tout
écumant au Palais-Bourbon où bientôt il
proclamait d'une voix vibrante comme
l'airain et formidable comme le verbe des
lions, le droit du peuple à la souveraineté.
Ce monstre était-il sincère ? Oui, nous
pensons qu'il le fut et qu'il eût prodigué
son sang comme sa parole pour le triomphe des idées qu'il énonçait avec une

éloquence parfois barbare, mais toujours
imposante et magnifique dans sa sauvage
trivialité qui troublait jusqu'à l'affolement
les vieilles caillettes de la bourgeoisie, les
pâles libérâtres, ses collègues. Hélas! il
changea trop tôt d'allures au milieu de
ces rhéteurs sans flamme accroupis autour
de lui. Ses grommèlements, ses rauque-
ments s'atténuèrent, s'éteignirent, sa langue épaissie bredouilla des marivaudages,
et c'est à peine, après Sedan, si de sourds
mugissements jaillirent de sa gorge grasse
et qu'il osa faire chorus au peuple qui
l'ayant arraché de la Chambre des députés,
l'entraînait à l'Hôtel de Ville où le maigre
et cinglant Rochefort, extrait depuis une
heure de Sainte-Pélagie, entrait par une
autre porte et sur les bras de la foule en délire. Il se retrouva, sans doute, en province,
« le Tigre, » ainsi que le qualifiaient ses fa-
miliers, et Jacques Bonhomme écrasé par la
Prusse parut revivre tout entier en lui. Nous
fûmes de ceux-là qui l'accompagnèrent au

ballon qui allait bientôt l'emporter au-dessus des assiégeants jusqu'aux campagnes
du Centre que l'invasion n'avait pas encore
submergées. Il partit et nous suivîmes
longtemps de l'œil le vol de l'*Armand-
Barbès* planant sur la capitale investie.
Une fois là-bas, le délégué de la Défense
nationale s'efforça d'arrêter les flots ger-
maniques ; et nous, crédules aux messages
que nous apportaient de loin en loin les
pigeons voyageurs, nous nous enthousias-
mions à la lecture des bulletins témoignant
de sa furie patriotique, et nous pensions
que vainqueur ou vaincu dans les déci-
sives batailles livrées à l'Allemand, il nous
aiderait ensuite à conquérir les franchises
pour lesquelles nos pères, depuis quatre-
vingts ans, avaient si souvent saigné.
L'austère démocrate à qui son défenseur
naguère était apparu comme un autre Ma-
rius et peut-être un nouveau Gracque,
avait beau demander pardon à la République d'avoir suscité ce « Gascon gênois, »

nous gardions l'assurance que le mandat
de 69 serait sinon bientôt accompli, du
moins toujours respecté par l' « Irréconci-
liable » qui avait juré solennellement
obéissance et fidélité à la Nation. Obstinés
dans notre confiance en lui, nous répon-
dions de sa probité, de sa vertu, de son
honneur à ceux qui déjà en doutaient
et, jusqu'à la chute de Mac-Mahon, nous
avions, malgré ses défaillances, malgré
les hésitations et les contradictions de ses
discours et de sa conduite, tenu tête aux
censeurs perspicaces qui voyaient poindre
en lui le néo-dictateur. Après le 16 Mai,
force nous fut de nous rendre aux remon-
trances de nos coreligionnaires et, le
cœur serré, nous combattîmes le glorifi-
cateur de Baudin qui s'était fait le commensal, l'appui des Galliffet et des Miri-
bel, car nous n'apercevions plus en cet
intransigeant métamorphosé en opportu-
niste, qu'un monarque sans couronne et
ne briguant la suprême magistrature que

pour l'exercer au détriment de cette multitude qui l'eût toujours suivi comme un seul homme, s'il n'avait pas craché sur ce qu'il avait adoré d'abord. Décidément, ce Crête-Rouge, ce coq se transmuait en gerfaut, et celui-ci n'est guère moins funeste aux menus oiseaux que le vautour ou l'aigle. Après l'amnistie qu'il n'avait pu différer plus longtemps sous peine de perdre le reste de sa popularité déjà si compromise, il ôta brusquement son masque et montra son for à nu. Nous ne reconnûmes plus le porte-drapeau de la Révolution, mais sous le nouvel étendard qu'il avait adopté, nous découvrîmes un troupeau d'ambitieux qui l'avaient pris pour chef, afin d'en user à leur profit, et de sceptiques qui tâchaient d'obtenir par leur servilité l'absolution de leurs dédains antérieurs à son égard. Or, nous qui ne voulions de notre ancien compagnon d'études et de misères, rien de plus que sa constance et le concours de ses aptitudes à notre idéal de fraternité, nous rompîmes avec lui, le laissant entre les mains des gens de proie à qui sa toute-puissance promettait de longs jours de chère lie et d'impures délices. Sous leurs louches incitations et leur influence néfaste, il s'institua le champion du corps judiciaire et de l'Église qu'il feignait d'attaquer pour les mieux réduire à sa loi, mais qu'il considérait à bon escient comme les soutiens naturels de sa future autocratie, il déserta ses immuables partisans qui réclamaient les libertés municipales, il brava ses trop tenaces électeurs qui, pendant douze ans, l'avaient maintenu au poste de combat ; enfin, oubliant tout et se démentant lui-même, il menaça brutalement les représentants du peuple souverain qui résistaient à ses volontés liberticides. Avant de disparaître à jamais de la scène où le premier rôle avait été tenu par lui treize années durant, il commit une dernière faute, irréparable, celle-là. Loin de conser-

ver auprès de lui cette incomparable proche parente qui l'avait toujours entouré
de soins maternels, il l'engagea follement
à s'éloigner de Paris où, peut-être, elle le
gênait par sa franchise rustique et sa noble simplicité. Quelles forces il perdit en
l'écartant ! Elle était du *peuple* à ce point
que les blousiers de la Capitale, eux qui
n'avaient pas connu le père du tribun
vendant ses faïences en plein air, soit l'hiver, soit l'été, la chérissaient ainsi qu'une
de leurs sœurs aînées et la vénéraient comme une aïeule. Il me souvient d'un matin
d'avril où vraiment elle m'apparut telle
que l'incarnation de la plèbe affranchie et
triomphante. Elle était allée au marché
Saint-Honoré nu-tête, en galoches, et tandis qu'elle en revenait essoufflée avec son
cabas empli de légumes et de victuailles,
elle fut rencontrée au seuil de son domicile,
en la rue Montaigne, par son neveu qui,
lui, rentrait en calèche, ayant à ses côtés
deux notabilités : un général de division,

intrépide soldat et patriote sincère que l'in-
juste destin avait condamné à signer la
plus honteuse des capitulations, et certain
député, depuis lors président du Conseil
des ministres, sénateur aujourd'hui. Ces
personnages, sorte de patriciens modernes,
se levèrent respectueusement et saluèrent
bien bas l'honnête paysanne, la vieille
demoiselle en cheveux blancs, vêtue à
peu près de même que les mères et les
femmes des faubouriens. A ce spectacle,
une admiration ineffable émut nos entrailles et je pleurai quelques minutes
après en embrassant la « Tata. » Pauvre
sainte de la terre, elle expira dès qu'elle
eut quitté sa seule idole, son vivant féti-
che, et lui, la rejoignit dans la tombe à
bref délai. Nous qui l'avions tant aimé,
qui l'aimions encore la veille de son dé-
cès, en dépit des amères et fougueuses
saillies que nous suggéraient parfois ses
défections sans vergogne et son despotisme
effréné, nous ne nous sommes pas mêlé le

6 janvier 83 au cortège de sournois et d'a-
veugles qui se pressaient derrière son char
funèbre. Ah! quelles angoisses nous étrei-
gnirent le cœur en cette journée! Un ami
des premières heures, autrefois si bon ca·
marade, et, de plus, un enfant du Quercy!
Nous aurions couru, si nous nous étions
écouté, quand il en était temps encore, à
Paris, que ce va-nu-pieds devenu bourgeois, cet égalitaire passé prince, ce Brutus transfiguré en César, parcourait pour
la dernière fois ; mais, docile à notre conscience plus impérieuse encore que la
tyrannie du défunt, nous sommes demeuré
dans notre foyer, en songeant là, bien
tristement, que si les dépouilles de ce poli-
ticien versatile étaient solennellement
carrossées au Père-Lachaise, le cadavre
de Delescluze, Charles Delescluze, au généreux patronage de qui Léon Gambetta
devait sa prodigieuse fortune, avait été jeté,
broyé par la mitraille, insulté par la solda-
tesque, au fond d'une fosse banale encore

ignorée aujourd'hui de cette population ingrate et légère pour qui ce grand citoyen, ce révolutionnaire incorruptible était mort héroïquement et sans phrases, selon sa promesse.

Janvier 1884

DIJON, IMP. DARANTIERE.

M DCCC LXXXIV

****

ADAM (JULIETTE LAMBER Mᵐᵉ). — Païenne, 22ᵉ édition.

ALBALAT Antoine. — L'Inassouvie, 2ᵉ édit. — Un Adultère, 3ᵉ édit. — La Maîtresse de Jean Guérin.

ALIS HARRY. — Hara-Kiri, 4ᵉ édit.

ANGE BÉNIGNE. — Les vieilles Maîtresses, 5ᵉ édit. — Monsieur Daphnis et Mˡˡᵉ Chloé, 4ᵉ édit. — Perdi, le couturier de ces dames, 4ᵉ édit.

AUDEBRAND Philibert. — Le Péché de Son Excellence, 6ᵉ édit.

BAUQUENNE (Alain). — L'Écuyère, 5ᵉ éd. — Ménages parisiens, 6ᵉ édit. — L'Amoureuse de maître Wilhem, 5ᵉ édit. — La Maréchale, 6ᵉ éd. — Noces parisiennes, 5ᵉ édit.

BERGERAT Émile. — Le Faublas malgré lui, 4ᵉ édit.

BERGERET Gaston. — Dans le monde officiel, 3ᵉ édit.

BONNIÈRES (DE). — Mémoires d'aujourd'hui, 3ᵉ édit.

BOUTELLEAU Georges. — Méha, 4ᵉ édit.

BUËS Théodore. — Pierre Sordet, 2ᵉ édit.

CARAGUEL Pierre. — Le Boul'Mich', 3ᵉ éd.

CARCASSONNE A. — Pièces à dire. — Nouvelles pièces à dire. — Scènes à deux. — Théâtre d'Adolescents.

CHARNACÉ Guy (de). — Un Homme fatal, 3ᵉ édit. — Une Parvenue, 2ᵉ édit.

CIM Albert. — Deux malheureuses, 3ᵉ édit.

COQUELIN aîné et COQUELIN cadet. — L'Art de dire le Monologue, 2ᵉ édit.

COQUELIN cadet. — La Vie humoristique, avec un portrait.

D'ALMBERT. — Trievenor, 2ᵉ édit.

DANIEL DARC. — Voilà l'plaisir, Mesdames ! 4ᵉ édit. — Canifs et contrats.

DAVYL Louis. — Les Idées de Pierre Quiroul, 3ᵉ édit.

DEBANS C. — La Cabanette, 3ᵉ édit.

DELPIT Albert. — Le Fils de Coralie, 20ᵉ éd. — Le Père de Martial, 19ᵉ éd. — La Marquise, 43ᵉ édit. — Les Amours cruelles.

FISTIÉ Camille. — L'amour au village, avec une préface de André Theuriet, 2ᵉ édit.

FRÉDÉRICK LEMAITRE. — Souvenirs publiés par son fils, avec portrait, 2ᵉ éd. — Le Mariage de Jules Lavernat.

GAULOT. — Mˡˡᵉ de Poncin, 3ᵉ édit.

GOBIN. — A l'Atelier, 3ᵉ édit. — Un Conseil de famille.

HENNEQUIN Émile. — Contes grotesques, par Edgar Poe (traduction), 3ᵉ édit.

KANDEL Georges. — Lieutenant, Capitaine et Commandant.

LABARRIÈRE. — Maître Sauvat, 3ᵉ édit.

LAUNAY (DE). — Culottes rouges, avec illustrations par O'Bry, 3ᵉ édit. — Les demoiselles Sevellec, 3ᵉ édit.

LE ROY Albert. — Part à trois, 3ᵉ édit. — L'argent de la femme.

LETORIÈRE (ÉTINCELLE) (le Vicomte Georges de). — Voyage autour des Parisiennes, avec vignette, 6ᵉ édition. — Amours et Amitiés parisiennes, 4ᵉ édition.

MAIZEROY René. — Celles qu'on aime, 7ᵉ édition.

MÉLANDRI. — Lady Vénus, avec 120 dessins, par Henry Somm, 3ᵉ édit.

MICHIEL Adolphe. — Le Roman d'un vieux garçon, 2ᵉ édition.

MOUÉZY André. — L'oncle de Danielle, 3ᵉ édit.

OHNET Georges. *Les batailles de la vie.* — Serge Panine, ouvrage couronné par l'Académie française, 110ᵉ éd. — Le Maître de Forges, 130ᵉ éd. — La comtesse Sarah, 112ᵉ édit.

OSMOND (Marquise D'). — L'amour partout, 3ᵉ édit.

PRADEL Georges. — La faute de Madame Buclères, 3ᵉ édit.

RABUSSON Henry. — Fiancés ! 3ᵉ édit.

ROLLAND Jean. — La Fille aux oies. — Mon Grand'Père Vauthret, 3ᵉ édit.

SAMSON, de la Comédie-Française. — Mémoires, avec un portrait de G. Jacquet, 4ᵉ édit.

SARCEY. — Le Mot et la Chose, 3ᵉ édit.

SILVESTRE Armand. — *La Vie pour rire :* Les Farces de mon ami Jacques, 11ᵉ édit. — Le Filleul du Dʳ Trousse-Cadet, 10ᵉ éd. — Les Malheurs du commandant Laripète, 15ᵉ éd. — Les Mémoires d'un Galopin, 12ᵉ éd. — Mme Dandin et Mlle Phryné, 7ᵉ éd. — Les Bêtises de mon Oncle, 4ᵉ éd.

TARBÉ Edmond. — Barbe grise, 3ᵉ édit.

THÉO-CRITT. — Nos Farces à Saumur, illustrées par O'Bry, 17ᵉ éd. — Le 13ᵉ Cuirassiers, illustré par O'Bry, 13ᵉ éd. — La Vie en culotte, illustrée par Henriot, 7ᵉ éd.

THEURIET André. — La Maison des deux Barbeaux. — Le Sang des Finoël, 4ᵉ éd. — Sauvageonne, 10ᵉ éd. — Les mauvais Ménages, 10ᵉ éd. — Michel Verneuil, 15ᵉ éd.

TINSEAU (L. DE). — Alain de Kérisel, 3ᵉ éd.

VAST-RICOUARD. — Claire Aubertin, vices parisiens, 9ᵉ éd. — Le Général, 10ᵉ éd. — Séraphin et Cie, roman parisien, 12ᵉ édit. — La Vieille Garde, 22ᵉ édit. — La Jeune Garde, 16ᵉ édit. Vierge.

VILLEMOT Émile. — Les Bêtises du cœur, 12ᵉ édit. — Les Femmes comme il en faut, 16ᵉ édit. — Ne vous mariez pas ! 6ᵉ édit.

THÉÂTRE DE CAMPAGNE. Recueil périodique de Comédies de salon. Huit volumes ont paru.

Dijon. — Imprimerie Darantiere, rue Chabot-Charny, 65.

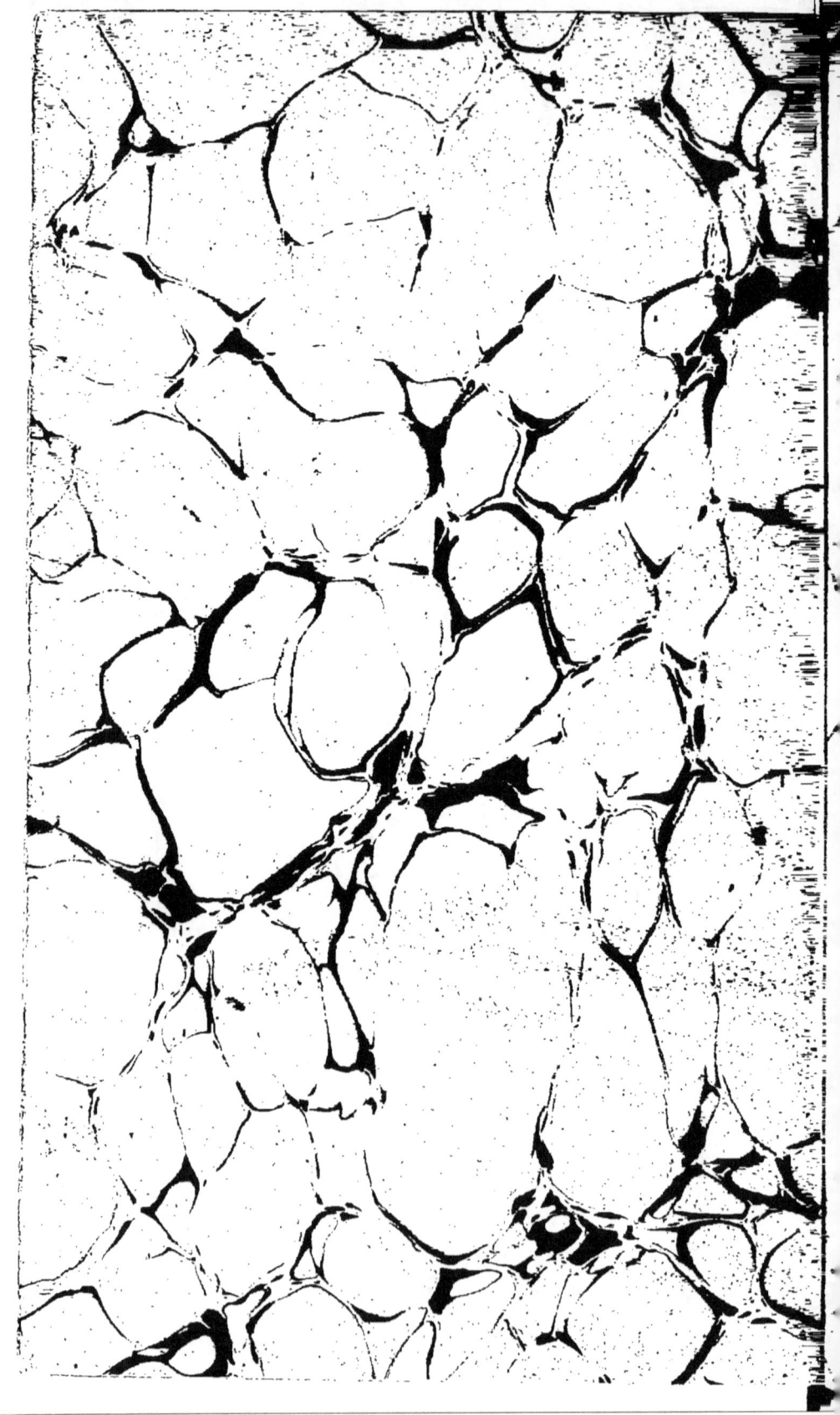

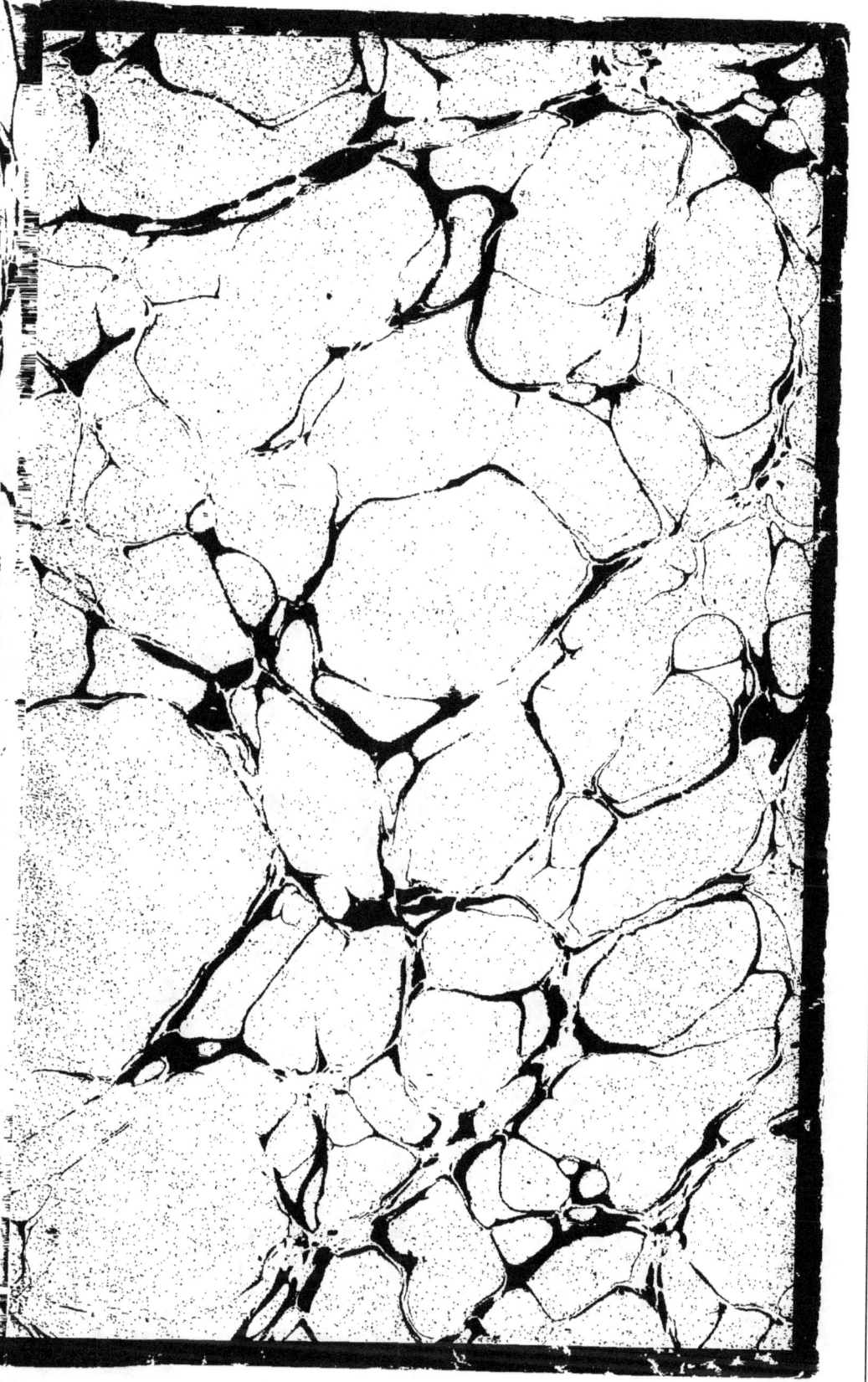

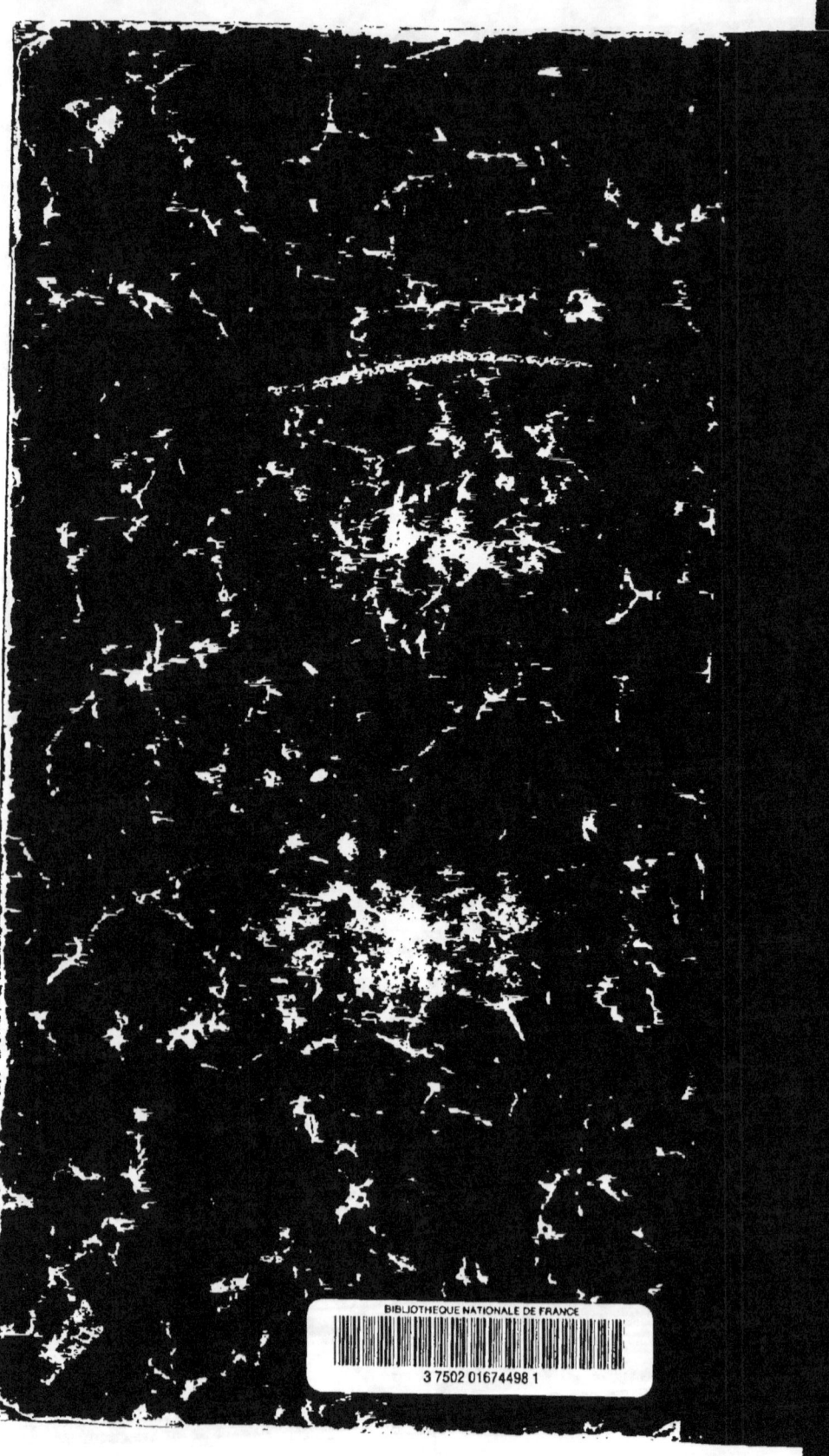

www.ingramcontent.com/pod-product-compliance
Lightning Source LLC
Chambersburg PA
CBHW070324030726
47505CB00004B/1085